O osso:

poder e permissão

Coordenação de projeto: Reinaldo Reis e Sergio Alves
Edição: Rogério Chaves
Diagramação: Editora Cosmos
Arte da capa: Reinaldo Reis
Revisão: Duo Conteúdo
Fotos: Gal Oppido

Dados Internacionais de Catalogação na Publicação (CIP)
Ficha Catalográfica

B172o
Balbino, Erika.
O osso : poder e permissão / Erika Balbino.- São Paulo: Editora Cosmos, 2017.
256 p. ; 14 x 21cm.

ISBN: 978-85-68800-11-9

1. Romances brasileiros. I. Título.

CDU 869.0(81)-31

Catalogação: Bel. Bruna Heller CRB-10/2348.
Índices para o catálogo sistemático (CDU):
1. Romances 869.0-31
2. Brasil (81)

Está é uma obra de ficção escrita no ano de 2006. Qualquer semelhança com nomes, pessoas, fatos ou situações da vida real terá sido mera referência de experiências vividas pela autora.

Editora Cosmos
Rua Caranapatuba, 494
Jardim Umarizal
São Paulo, SP, Brasil
CEP 05756-220

www.editoracosmos.com.br
cosmos@editoracosmos.com.br

O osso:
poder e permissão

erika balbino

Editora Cosmos

Ao Bosque da Saúde. Onde nasci, me criei.
Todo o meu amor.

Paulo Cunha in memoria
Cidão in memoria

pobre sim pobre pobre pobre
a mais pobre das províncias
mas sinta esta brisa

autor: Kobayashi Issa
tradução: Paulo Leminski

Prefácio

Essa frase, que muitos atribuem aos meus irmãos dos Racionais Mc's, está eternizada no disco "Dia a Dia da Periferia", gravado em 1994 e de minha autoria. A música em que ela aparece é bastante conhecida, "Brasília Periferia".

A escritora Erika Balbino confirma que a frase é realidade, pois apresenta um panorama sobre as gambiarras do cotidiano das comunidades periféricas da zona sul da capital paulista, retratando, fielmente, o cotidiano das regiões periféricas do Distrito Federal e do Brasil.

Obra de ficção? Mera coincidência?

Assistir a si mesmo: milagre da consciência.

Um romance com histórias e nomes reais, por mais que a autora afirme o contrário: afinal, são milhares de Ritas, Clementinas e Rauls com essas histórias. São milhares de Ruas dos Prazeres espalhadas pelos bairros afastados não asfaltados. Um prato cheio para os textos e um prato vazio para os famintos.

Sim, a vida é um osso duro de se viver e, em nome do café, do pão e da manteiga, escrevemos o enredo, fazemos um samba para ela.

Se, de um lado, tem que engolir o choro para viver na pobreza; do outro, tem que contar essas histórias para o mundo. E é justamente o que a autora faz ao unir as ilhotas, chamadas Quebradas, em um grande arquipélago chamado Periferia.

Sim, ela dá uma dimensão continental à Periferia, expressando com conhecimento, soberania. Com a independência de um Estado que é desrespeitado por outro Estado, que mantém o estado das coisas como sempre estiveram.

Erika Balbino nos convoca a extravasar nossa indignação a um Estado Maior que, sem nada conhecer de Periferia, instala em suas ilhotas bombas-relógio que estremecem todos os dias os corações dos guerreiros que a habitam.

A escritora nos transporta para uma viagem para dentro de nós, das nossas corruptelas, dos nossos desprazeres, da origem da nossa revolta, mesmo que sem som ou vibração exterior, mas vivente.

São histórias minhas nas histórias dela.

Um prato cheio para os textos e um prato vazio pros famintos.

Tem que engolir o choro para viver na pobreza
Palavras de desordem

Rita cobre seu corpo com o lençol, quase ao mesmo tempo em que cobrem o corpo de Raul.
O córrego que carrega
A gente, aqui nos meio dos prédios, só toma na cabeça...
(Elias) Em nome do café, do pão e da manteiga –
Ainda faço um samba para ela
Hoje vai ter sol, vai ter varal.
Herculano e Jamilson – Buteco do Seu Luiz – Mecânica do João
Gasparzinho e o Quero Quero
Dia sim e dia não, é confusão
Sidão, Paulo de Ogum
Dona Clementina, Laura
Estela, a patroa
Ivone, amiga de Vitória
Acendeu o isqueiro
Amélia (criança) Tata
Maria do Carmo – Arthur (Rei Arthur entre os brinquedos)
Francesinha (Paquerinha de Arthur)
Rodrigo – amigo do Arthur – Marina, mãe de Arthur, casada com Rogério
Vida Loka
Anônimas, Ester e Tereza (trabalhavam no Califórnia)
Cláudia (trabalha com Elias e é casada)
Jamilson – Olhos famintos e pobres
Pastor Jair (Vereador)

O barraco, um barco à deriva
Trem é diferente de metrô
O suor do trabalho fica impregnado... haja perfume
Carlos tem uma irmã
Estela (mãe, duas irmãs, Gabriela e Tereza, e o padrasto Carlos)
Marina
Ali Babá e os 40 patrões
Alice
Quero Quero era o apelido de Antônio
Roberta
Juneca e Pessoinha
Heróis incompreendidos da Periferia
Professora Estelita
Eudes, que tinha pai
Clarisse, menina da escola que Jamilson gostava
Estagiária e a faxineira Maria
Dadá
Jorge, segurança
Rodolfo, amigo de Rogério
Odete (do Coletivo) e Vitória
Rita incorporava Vovó Catarina
Pai Walter
Verinha, trabalha no terreiro.
Pastor Jair (Rute e Romualdo)
Ana Cristina
Eunice, Rosendo, Sheilá
Eunice

Manolo
Glória
João, marido de Glória
João de Beto, filho deles...
Laurindo, vizinho deles
Dona Arlinda
Laurane – Rita de Cássia
Professora Clotilde
Alice foi casada com Osvaldo
Tia Marta e Tio Mário
Filha de Laura
Laura
Rua dos Prazeres
Um prato cheio para os textos e um prato vazio para os famintos
Fabíola
Marcos – filho de Luis com Fabíola
Tem que engolir o choro para viver na pobreza
Palavras de desordem
Filipe – dono do mercado
Raul e Francisca

GOG

Escritor e poeta do rap nacional, Genival Oliveira Gonçalves, o GOG, tem uma trajetória de mais de 30 anos de carreira com diversos trabalhos lançados. Ritmo, poesia, conteúdo e militância são termos que, em partes, o definem. Natural de Sobradinho

(Distrito Federal), é dono de um dos mais respeitados repertórios do cenário nacional. O currículo de GOG contempla onze discos lançados e vários prêmios por criações originais, quase sempre pautadas por seu engajamento social.

Apresentação

Por três vezes li O Osso: Poder e Permissão, de Erika Alexandra Balbino. Em nenhuma dessas vezes o livro me cansou. Ao contrário, sempre me surpreendeu em sutis e crescentes novidades percebidas nessas minhas três leituras.

De início, li com entusiasmo, por tratar-se do primeiro romance de jovem escritora brasileira, amiga talentosa de longa data e aluna inesquecível de meu tempo de professor universitário.

Percorri a obra sem mais tardar e sem cessar, atraído pelo sabor de sua narrativa veloz, seu livre uso do português coloquial, sua competente expressão poética da fala do povo no dia a dia da vida, o bastante para sentir-me cúmplice do romance.

Na segunda leitura, após o convite para escrever este prefácio, vi-me ainda mais cativado pelos pungentes acontecimentos do enredo, mais vivamente marcado por suas personagens plenas de originalidade, suas situações bem-humoradas, trágicas, irônicas, generosas ou perversas, na composição de todo um painel da vida paulistana.

Painel que no romance se expressa como microcosmo da urbanidade brasileira socialmente desigual e excludente, cuja mobilidade histórica é osso duro de roer, sendo mobilidade no mais das vezes contida pelo poder dos setores dominantes da sociedade, mobilidade que, se existe, acontece como permissão controlada.

Painel da vida brasileira, oportuno e realista em sua postura crítica, assim reafirmado por minha terceira leitura do livro. Belo romance de nossa novíssima literatura, obra inaugural de uma jovem escritora, que soma à arte de escrever bem outro feitio igualmente essencial à narrativa contemporânea em nosso país: por meio do prazer do texto para o leitor, ilumina a travessia da vida vivida, sem olvidar a necessidade de se viver vida diversa, com o foco de sua luz centrado na audaciosa vitalidade da vivência popular.

O romance apresenta ao leitor toda uma série de personagens em vivências controvertidas, entrelaçadas por tramas surpreendentes, numa narrativa de frases curtas e não menos velozes, com diálogos ágeis e linguagem livre de preconceitos no uso fluente da língua do povo em prosa literária, de ajustada expressividade poética.

Quem lê constata que assim é Osso: Poder e Permissão, por toda a sua carnavalização do trágico, do dramático, do farsesco e do mitológico, festa crítica tantas vezes bem-humorada, pois habilmente irônica e destemida na exposição até do perverso; carnavalização vital na composição de seu painel alegórico da sociedade paulistana contemporânea, não menos brasileiríssima.

Vasto cenário de gente assim, que se associa com outras tantas personagens, nas outras tantas tramas da obra, povo de um mundo – mundo que este romance, rimando contra tal maré de surdos, ouve e faz ouvir no intuito de mostrar a amplitude da vida conforme é, sendo osso, poder e permissão: "vida que não compreendemos, sempre".

Vida cujo cotidiano carente de fraterna solidariedade clama por oportuna transformação radical, que lhe conceda justa felicidade, generosa apoteose de desfile de escola de samba.

Nessa rede de conflitos, tempo e espaço narrativos se distinguem e se associam com vigor libertário por situações de equilibrada verossimilhança literária, trabalho cuidadoso de escritor experiente, ainda que obra inaugural de sua autora. Liberdade em que se conjugam oportunos intertextos, com os quais se legitima a universalidade narrativa e crítica do romance.

(De exemplo, na travessia da trama, a surpreendente e não menos significativa presença de um fragmento de sermão do padre Antônio Vieira, o Sermão da Quarta-Feira de Cinzas: "Se já somos pó, qual a diferença existente entre vivos e mortos? Os vivos são o pó levantado pelo vento, os mortos são o pó caído. (...) Nas Escrituras, levantar é viver, cair é morrer".)

Eis Osso: Poder e Permissão, vivo e pleno, de pé em sua cumplicidade com a vida e com a precisão da felicidade na existência social.

Também não é só isso. Nenhum bom romance é "só isso", sendo sempre mais, conforme o olhar atento de todo bom leitor.

Já este prefácio é não mais do que um justo convite à leitura gostosa da obra, que bem vale ler, pode crer!

José Arrabal é professor universitário, jornalista, escritor, tradutor, ensaísta, conferencista, poeta, autor de contos, novelas e romances. Lecionou por muitos anos na Pontifícia Universidade Católica de São Paulo (PUC-SP), na Universidade Metodista, na Universidade Paulista (Unip) e na Fundação Armando Álvares Penteado (Faap). É autor de livros de ficção, assim como de ensaios, biografias, peças de teatro, poemas e roteiros, com cerca de 40 títulos publicados. Por duas vezes foi indicado para o Prêmio Jabuti. Na Bienal do Livro/2005, no Rio de Janeiro, seu livro Histórias do Japão foi premiado pela Fundação Nacional do Livro Infantil e Juvenil. Natural de Mimoso do Sul, no Espírito Santo, vive há 37 anos em São Paulo.

Raul

Uma hora da manhã, aproximadamente. Uma noite agradável na zona sul de São Paulo. Raul olha pra baixo e vê seus pés balançando em círculos. Vê também o reflexo vermelho do olho de sua cadela de encontro ao seu. Ela não late, não pula como de costume. Só observa o dono, sentado no parapeito.

As luzes dos prédios chamam a atenção de Raul. Quanta gente em casa e acordada pra um sábado à noite. E quantos televisores trabalhando.

Ele mesmo. Quanto tempo perdido em frente a uma televisão, quando o que na verdade desejava era viver uma ficção descomplicada. Tudo dentro do esquemão e da governabilidade.

O conforto de que tudo continua no dia seguinte, exatamente previsível. Quantos amigos deixou de ver, e quantas ruas a sua cadela não sujou, tudo por causa da ilusão radiante e quadrada, e agora até mesmo retangular, plana e plasma. Modernidade. A quietude convicta dos arranha-céus velando as suas caminhadas sonâmbulas e descompromissadas, sem vínculo com nada, e não por desejo próprio, pois sonha uma relação afetiva de delírio e drama. No entanto, vínculo mesmo, só com Francisca e com boteco.

Um vento gostoso no rosto. Não chega a perder o equilíbrio. Precipita-se. De qualquer modo, se acontecesse de fato, no momento exato alguém poderia aparecer e segurar seu braço. "Eu? Imagina. Só estou esperando a noite passar. Insônia."

Isso dito, olha lentamente pra trás só pra conferir: ninguém. Que canastrão! Poser do seu passado de estudante esforçado. Olhando de soslaio o que o presente lhe apresenta.

Insônia. E, enquanto o sono não chega, a cabeça é repleta da mais vasta quantidade de frustrações e desejos. Uma angústia que ocupa todos os espaços. Adormece o corpo. Fica-se ali, inerte, assistindo a si mesmo. O milagre da consciência. O desconforto da lucidez. "E como eu vou pagar? Não tenho a quem pedir!"

O consolo é saber que somente uma parcela pequena, abastada, quase insignificante, mas incômoda pelo fato de simplesmente exercer o seu direito aos privilégios, pode viver a vida sem pensar em "como vou pagar o aluguel?". Tão surreal quanto o caminhão de gás tocando música clássica.

Raul olha o luminoso do motel Califórnia e imagina que a cor azul-bebê poderia ter incessantemente piscando: "Como pagar?", "Como pagar?".

De repente cai num cochilo, entrega-se ao instante e às hipóteses inacabadas e imperfeitas.

Porém há coisa pior, pensa consigo. E se quebrar um braço ou uma perna? Se tiver que depender de alguém? Ah, isso não. Ao fundo ouve uma música conhecida. Acompanha. "Nossa, Black Juniors!" Gostaria de ter esse disco. Por um curto tempo, sorri ao lembrar da tropa toda descendo a Itaboraí, pra ir ao Shangrilá. Roda-gigante, chapéu-mexicano, trem-fantasma e, aos sábados, o show da Sharon, que cantava uma música sobre um ET amoroso. Raul sempre preferiu a Sharon à Gretchen. No domingão era a matinê do Roller na Praça da Árvore. Thaíde e DJ Hum, Clube Aquático do Bosque. Enfim... o tempo tinha passado.

Segundo dizem, você fica perambulando no limbo pelo resto da vida... ou da morte... complicado isso. Então onde encontraria a tranquilidade? Que lugar poderia levá-lo de passaporte carimbado pra um dia de vida ensolarado e sem a lembrança do boleto do aluguel eterno? Às vezes, é só isso: um dia de sol com luzes cintilando na imensidão. Uma brisa generosa que afaga a alma rude e áspera que carrega. Há lugares em que o sol não aquece.

"Ahhh, deixa pra lá". Vou continuar olhando os meus pés batendo, como se tivessem vida própria. Aliens do caminho. Francisca, a cadela, continua a olhar com curiosidade. "Nossa!" – pensa Raul – Se algum sangue escorrer, ou carne explodir, ela vai se fartar. Essa cachorra come de tudo: pedra, madeira, inseto, plástico, saco de mercado... por que não comeria o dono todo espatifado?

Rita

Rita acorda de sopetão. "Perdi a hora. Tô ferrada."

Na escuridão da madrugada, se cobre com o lençol. Puxa a cortina puída e percebe que não. Ao contrário do que pensava, ainda pode dormir mais um pouco. Olha o corpo nu, negro e musculoso, que repousa na cama. "Nego folgado, tomou conta dela toda." Da cama e de Rita, vale ressaltar, sem dúvida.

Agora já foi. Perdeu o sono e isso era mais habitual do que gostaria. Insônia. Arrastando o lençol, Rita caminha até o segundo e último cômodo da casa. Em cima do fogão azul-claro, tem uma chaleira que Rita confere. "Que droga! Só um restinho de café."

Acende o cigarro. Abre o vitrô. Senta na mesa. Um brilho entra por cima da telha de vidro do barraco. Ouve o barulho do córrego do lado de fora. Tá cheio, o córrego. Só pobre pra saber o que é ter medo de chuva. Se bem que gente antiga do interior também tem medo de chuva. Sua avó mesmo cobria os espelhos com toalha ou pano de prato quando ouvia a braveza de Oyá com Xangô. "Será que choveu e nem me dei conta?" O barulho da água do córrego persiste em lhe chamar a atenção. Grudada na porta, o que sobrou de uma folhinha antiga traz a ilustração de um belo castelo. Na frente dele tem um lago e cisnes brancos.

Rita gosta muito dessa imagem, mesmo tendo convicção de que nunca vai ver coisa parecida na sua vida. Quando o ano acabou, ano esse que já tem cinco anos, Rita cortou os meses e os dias com a tesoura e só guardou essa parte da folhinha que convalesce discretamente na sua porta.

Mais uma baforada, e mais um gole falso do café rarefeito, que finge tomar com prazer. "Bem que esse córrego podia ser limpo, água cristalina." Se fosse assim, Rita iria rapar as economias e perguntar no terreiro se os Ogãs sabiam onde comprar cisnes. Mas não. Córrego, fetos, bosta, muita bosta, sujeira, garrafas de peti, modis sujo. Cisne nesse córrego ia ficar preto, ser confundido com galinha e virar despacho na primeira esquina. Se bem que ali, na favela do Canhão, esquina assim, como a gente imagina, não tinha. Ri sozinha na cozinha da sua casa. Daqui a pouco vão aterrar. É só isso o que sabem fazer. Esses caras, os tais engenheiros, estudam tanto, só pra aterrar rio e depois construir piscinão onde quem nada é ratazana. E agora essa infestação de escorpião. "A gente aqui, no meio dos prédios, só toma na cabeça. Isso quando não é picada de escorpião. De onde será que tá vindo essa praga?" Rita morre de medo de escorpião. Desde pequena. Tudo começou quando viu Marcelino Pão e Vinho, lá no Cine Estrela da Praça da Árvore. Tudo em veludo vermelho. Bombonière de vidro. Lanterninha. Todo mundo economizou pra ver Mazzaropi. Ela até gostava de Mazzaropi, mas quis mesmo ver o tal do italianinho, ou era espanhol? Chorou, chorou, quando o Marcelino morreu.

Mais uma baforada, mais um gole de café ruim. A cidade acorda. O emaranhado desenrola, movimenta-se igual ninho de cobra no rastejar do pó e do asfalto. Tudo áspero. São Paulo não tem mais garoa. É pancada mesmo. Porrada mesmo. Até da chuva.

Do outro lado da parede de tábua, o negro, musculoso e folgado, ajeita o corpo acomodando-se melhor. Já dorme novamente. "Que inveja!" Ela dá uma baforada e a luz de mais um dia nublado reflete nos seus olhos miúdos de Iansã. "Deve ser a tal da autoestima. Homem dorme feito cavalo, mulher tá sempre na agonia."

"Bom dia, gente! Olha a hora. Vambora. Vambora" – anuncia a voz entusiasta da rádio.

Elias

– Rita! Rita!

"Já deve ter saído pro trabalho." Elias senta-se na cama, espreguiça-se. Cada músculo do seu corpo se estremece, a pele negra brilha. O Negro Elias é de impressionar. E sabe disso.

Caminha nu até a cozinha. Na mesinha de canto Rita deixou o café, o pão e a manteiga. Também deixou um bilhetinho dizendo a Elias o que faltava dentro de casa e que ele devia buscar na quitanda e no mercadinho. "Que saco! Oh, mulher que gosta de dar ordem." Não pode ver Elias parado que lá vem um pedido de qualquer coisa. Ela trabalha no supermercado, por que ele é que tinha que ir fazer compras e ainda mais "na quitanda e no mercadinho"?

Vai mastigando o pão e os pensamentos. "Café gostoso." A irritação se dissipa e dá lugar a um sorriso malicioso. Lembra-se da noite passada nos braços de Rita. De como ele encosta a cabeça no seu peito, no seu colo, de como ela passa a mão pela sua careca. O corpo dela, nela, onde o corpo dele vestiu a alforria. O improviso. A plenitude fulminante e atenta. Desejada, sempre.

Nega Rita... como é atrevida essa mulher. "Ela me pegou de jeito. Ainda faço um samba pra ela. Mas não já. Senão ela fica mais ousada." Quase sente o cheiro e a maciez da sua pele. Três anos, e o desejo é o mesmo. Novo na sua vida só a fidelidade. Rita já lhe avisou de cara. Se a trair, não tem volta. Na ocasião, Elias riu. Na primeira vez que provocou Rita com outra nega, estava na quadra da Barracuda. Ela ainda não tinha chegado, e Elias cheirava o cangote da outra pra que as "amigas" contassem pra ela. Tipo arranjo de flor em mesa de casamento ansiando por fofoca. Elias já tinha planejado a cena toda. Rita faria um escândalo, todos veriam como ela brigava por ele, as mulheres iam rolar no chão, iam puxar cabelos, falar palavrões de arrepiar. Sua fama ficaria mais forte. Satisfeito consigo, Elias viu quando ela entrou. Rita chegou sorrindo. Estava de branco. Um vestido todo branco. Parecia diferente de todo mundo que estava ali, parecia também uma virgem santa negra. Nossa Senhora do Rosário dos Homens Pretos.

Isso é pecado, mas vá lá... Elias teve a impressão de que iriam se casar ali mesmo... Rita parou. O branco dos dentes foi desaparecendo, só ficou o branco do vestido mesmo. Baixou a cabeça. Levantou. Olhou pra Elias com desprezo, como se ele fosse um monte de bosta.

Um silêncio perdurou como o hiato que intercala um trovão de outro. Seus olhos marejaram. Lágrimas caíram duras. Não eram abundantes as lágrimas, eram duras. Não como água que escorre em rio, mas como pedras que descem morro. Assim eram as lágrimas de Rita. Pedra de Xangô e movimento de Oxum.

Elias sentiu um aperto no peito. A garganta secou, a música ficou distante, não viu mais nada. Sentiu-se um menino que tinha acabado de magoar alguém que lhe era raro. Foi indo lentamente na direção de Rita, que tinha os olhos fixos nele. Não precisava adivinhar, apesar de ter uma tempestade dentro da careca. "Vou levar um bofete com certeza", mas isso não tinha tanta importância. Se bem que... todos iam ver... ele, o Negro Elias, tomando pagação na frente de todo o povo da vila. O que iam dizer no dia do futebol? Mas Rita estava ali, na sua frente. Objeto urgente e sério. Precisava fazer alguma coisa, e precisava ser certeiro, forte, rápido, quase cirúrgico.

– Chegou, minha Nega?! – disse com uma voz fina e desajeitada, toda mansa. Que catástrofe...

De qualquer modo, não deu tempo de ouvir a resposta. Sentiu o rosto quente, a orelha latejando. Não sabia que a mão de Rita era tão pesada. A visão começou a lhe faltar. Rita foi desaparecendo. Sentiu que o povo corria. Ouviu a voz de Rita lhe chamando, fechou os olhos. Oh, Barracuda danada, um dia esses tiroteios ainda matam um... mas não naquele dia.

Elias toma o último gole de café e ri. Em cima da mesa, na parede de tábua, tem um espelhinho. Ele olha a cicatriz do lado direito do rosto. Bendito tiroteio lhe garantiu o perdão e as juras de Rita.

Ele vai até a pia, impecável de limpa. Lava seu copo, lava a faca e o pratinho onde Rita havia deixado o pão. Enxuga a louça e coloca o pano de prato alvo pra secar no vitrô. O dia quente e abafado o faz lembrar de que tem que se apressar. A meteorologia tinha se enganado. Hoje vai ter sol.

Vai até o varal. Troca-se. Passa desodorante e perfume. Passa creme na careca. O espelho é pequeno, não dá pra ver se a roupa combinou, mas sabe que o conjunto é bonito aos olhos de quem vê. As mulheres da vila estão sempre comentando, até se oferecendo. "Isso tudo aqui é de Rita e de ninguém mais."

Antes de sair, fecha o vitrô, que malandro escorrega em qualquer brecha, e dá uma olhada no barraco. Barraco não, "Rita fica fula quando digo isso." Já na porta, dá uma olhada na casa. A pia tá limpa, a cama, arrumada, nenhuma roupa jogada no chão, o gás desligado. Sim, mais um dia espera por Elias. E não é um dia nublado. Viva o sol e o bendito tiroteio.

Herculano

– E aí, Negão?

Elias olha pra trás. Herculano e Jamilson estão sentados no boteco do seu Luís, ao lado da mecânica de João. Bebem um pingado.

– Como é que tá essa vida, Elias?

– Tá ótima, perfeita, não tenho do que reclamar, Herculano.

– Tá sabendo da última?

– Qual é?

– O Gasparzinho e o Quero Quero tão na rua

– Tá brincando, Herculano? Nossa, já faz tanto tempo assim que eles foram de bonde? Nem me lembrava mais, passou rápido, graças a Deus.

– Passou rápido pra gente, Negão, que tamos aqui fora. Lá dentro o lance é outro.

– Tem razão, Jamilson.

– E o samba, Elias?

– Tá tudo na mais perfeita ordem, Herculano. Por que não aparecem?

– Tá maluco? Dia sim e dia não, é confusão naquela quadra.

– Não, não, senhor Hércules, é dia sim, e dia sim. É assim que tem tempero, é daí que sai o dendê, o cateretê. Se não fosse o furdunço, eu nem tava hoje com a Rita.

– Pronto, lá vem ele com esses papo de Bahia, nessa língua que ninguém entende – disse Jamilson, coçando a cabeça.

Elias ri seu sorriso aberto.

– Dendê, Jamilson, dendê é só tempero. É um fruto de palmeira, de onde a gente tira um óleo...

– Ah, é nada, mano! Isso aí é lance de macumba que eu tô ligado, que o pastor já falou aí.

– Tá sabendo das coisas, hein! Andou passando pra tomar uns passes? – riu Elias, em tom de zombaria – Bom Jamilson. Então isso significa que esse ano não vou ter você na bateria. Agora tem uma coisa: pra de ficar falando errado de propósito, cheio de gíria, porque eu sei muito bem a educação que você teve.

– Já escolheram o samba enredo do próximo ano, Elias?

– Ainda não, seu João. O Sidão vai consultar o Paulo de Ogum pra ver o que os homens acham.

– Ah, mano, tô fora. É só nesses papo brabo – e Jamilson se afasta acompanhado por Herculano.

Jamilson

Jamilson já tá moço. Moço e perdido. Moço. Jamilson chegou no Canhão trazido por uma tia que também era madrinha e era, bem dizer, tudo o que ele tinha de família. Dona Clementina lavava, passava, fazia faxina pra fora, fazia torta, bolo, doce, pão, só não fazia macarrão porque não era italiana. Dona Clementina era de Sergipe. Saiu da sua terra e chegou em São Paulo aos 37 anos, "cidade aonde filho chora e mãe não vê", disse logo a sua vizinha, Laura:

– Se acostuma, viu, Clementina. Essa cidade castiga. Se tu deve, vai pagar.

Clementina trabalhava, trabalhava, trabalhava. Com seus clientes conseguiu escola boa pra Jamilson. Ganhava roupas usadas, mas boas pra Jamilson. Ele era o primeiro a experimentar tudo o que ela fazia. E a noite quando caía cansada, dormia sentada, pra deixar a cama de solteiro pro menino que crescia e não cabia mais nos braços dela nem no sofá.

Dona Clementina foi ganhando respeito na

comunidade. Jamilson era a grande promessa da vila. Certamente seria o orgulho de todos. Dona Clementina disse a Laura uma vez:

– Sabe, Laura, minha patroa disse que o Rio de Janeiro é uma garota linda, feliz, que a velha Bahia é uma vó gorda e preta, com muitos calores, e disse que São Paulo é a mãe, a que educa, a que pune, a que supre. Não entendo direito isso, mas gosto e acho que a gente ainda vai entender melhor essa coisa. Você disse que aqui é terra que filho chora e mãe não vê... Minha filha, eu ouço seus moleques dia e noite nessa choradeira, como é que é isso de eu escutar e você não?

– Ahhhh! Dona Clementina, a senhora não sabe de nada – retrucava a cada vez a ressentida Laura.

Um dia Clementina saiu pra trabalhar e não voltou. Pontual que era, logo criou preocupação na rua dos Prazeres, que era indicada por um pedaço de pau escrito a giz. O nome era reescrito umas três vezes por mês, pois o tempo ia apagando as letras, que eram um borrão duro de se ler.

Tinham que ir à polícia. Mas quem poderia ir lá? Quem ia ser bem recebido? Jamilson tinha onze anos na época. Enquanto o povo decidia quem ia ser o representante a saber de dona Clementina, Jamilson chegava no posto policial. Impecável, cheiroso, bem nutrido e pardo.

– Fala, moleque?

– Minha tia, quer dizer, minha madrinha...

– Fala logo...

– Bem, ela saiu pra trabalhar e até agora não chegou em casa.

– Aonde ela trabalha?

– Aonde exatamente eu não sei, não. Mas o nome da patroa dela é Estela, e mora em Moema.

– Uhhhhh, vamos passar um rádio e ver se conseguimos alguma informação. Como é a sua mãe?

– A minha madrinha? Bem, ela é muito boa, sabe, trabalha muito, pra...

– Moleque... tô perguntando como ela é: gorda, magra, banguela...

– Ahhhhhhhh, ela deve ter uns 30 anos (tinha 53 com aparência de 60), usa o cabelo amarrado porque ela fala que ele é ruim. Tem a pele da minha cor, assim com umas marcas. Só usa vestido. Sempre vestido. E os sapatos estão sempre limpos, que ela cuida disso muito bem.

– Qual o nome dela?

– Clementina dos Santos Serafim.

Amélia

Tudo certo. A questão era vestir a pele do medo e chegar apavorando, pegar o que tinha que ser pego e cair fora. Se desse sorte ainda teria tempo pra ir ao boteco do seu Luís e ver Rita voltando do trabalho. O corpo e os mistérios de Rita um dia ainda seriam dele.

Certo. Não tinha muito tempo a perder com essa ladainha chamada vida. Tinha é que correr com a morte.

O sobrado era antigo. Dois andares. Estava todo pichado, com cara de abandonado, mas as flores na escadaria davam o sinal pra saber que ali tinha morador e era mulher. Já havia feito a vigília por duas semanas. Agora era certo: só havia duas mulheres na casa. Uma saía todos os dias pela manhã e voltava por volta das sete da noite. A segunda era uma negra muito forte chamada Ivone. Chegava antes da primeira mulher sair de casa e só partia com a chegada dela. Trabalhava na casa certamente.

A primeira mulher era morena de cabelos castanhos, lisos. Eram compridos, mas ela usava o cabelo preso com certa frequência. Deveria ter uns trinta anos. No máximo trinta e cinco. Mulher sem graça.

O bom horário: 23 horas. Ela certamente já estaria dormindo. "Estou falando muito a palavra "certamente" ainda pensou.

Bom... era a hora. O amigo na esquina deu o sinal com o isqueiro. Isso significava que tinha cinco minutos pra subir no portão e pular na varanda ou na escada. Caiu em cima de um vaso e soltou um gemido "Porcaria, essa mulher vai me pagar por isso." Forçou a janela e quando ia fazer o mesmo com a porta, percebeu que estava somente encostada.

Ao entrar, viu que uma luz no andar de cima permanecia acesa. Um cheiro de incenso de mel perfumava a casa, que por sua vez era muito diferente do que viu do lado de fora. Tudo muito arrumado, muito limpo, colorido. Uma beleza de ver. Chegou a ter vontade de sentar no sofá e descansar o tempo dos infortúnios, mas o tempo da vida real era curto e o infortúnio era ele mesmo.

Ao subir as escadas percebeu que a mulher falava em voz alta. Uma voz doce e terna. Esperou um pouco e começou a subir lentamente. Olhou no quarto. Ela estava de costas. O que viu logo depois lhe deu um calafrio daqueles que avisam que a coisa vai dar em merda.

Uma criança. Uma menina de uns três anos. Negra. Estranho, pois a mulher sem graça, suposta dona da casa, era branca. A criança tinha algo de diferente. Como se não fosse normal. Não conseguia ficar em pé nem sentada. Se arrastava pela cama enquanto a mãe, ou sei lá quem era, ficava a conversar com ela.

Foi pego de surpresa por um par de olhinhos miúdos e castanhos fixos nele, e a menina negra, que agora descobrira nem tão besta, apontava o dedinho em sua direção. Era hora.

Entrou no quarto com fúria. Arrastou a mulher pelos cabelos enquanto a menina olhava. A mulher não gritou, não gemeu, não disse nada. Ela só tinha uma coisa na cabeça: a menina. Isso era bom, ele sabia e iria, claro, tirar proveito. Jogou-a no chão como fez um dia um policial que tinha tirado onda com ele. Ele havia decorado todo o processo e ia fazer o mesmo com aquela cadela branca. Primeiro deu um chute na sua barriga. Ela gemeu baixinho. A menina imóvel na cama não perdia nada. Olhava tudo como se visse um mar estendido na beira da areia grossa e escura, e uma sereia estava ali, sendo despedaçada. Comida do ódio.

– Vaca, vagabunda, cadê a grana? Quero também o celular, cartão, tudo que couber no meu bolso!

Ela pegou calmamente a bolsa, ainda com uma das mãos sobre o ventre. Entregou o celular, os cartões, setenta reais em dinheiro e o talão de cheques. E olha que o talão de cheques ele tinha esquecido de pedir. "Além de tudo é burra essa vaca."

A menina, então, se precipitou e, quando ia cair da cama, a mulher disse:

– Amélia!!!

"Amélia???" Que merda. Essa pirralha tinha que se chamar Amélia? Aquele foi o segundo pressentimento de que a coisa ia dar em merda. Algo lhe escapava.

A pentelha negra caiu em cima de um tapete que não era muito espesso. A mulher levantou e pareceu enorme por um instante. "Passou por mim como se eu não existisse", e pegou a garota no colo.

– A Tata está aqui, meu amor – disse à menina.

A tal da Amélia colocou a cabeça em seu ombro e apontou a chupeta que estava caída ao lado da cama. Não chorou. "Acho que é uma família rara de mulheres que não choram. Isso existe. Caralho!"

– Ahhhh, então foi só por causa da chupeta, sua malandra?! – falou a mulher, ainda como se ele não estivesse no quarto, e isso o incomodou profundamente. Quem era essa besta dessa Amélia pra acabar com o espetáculo que ele havia magnificamente planejado já há um mês?

Se pudesse ele daria um tiro de uma vez só, pra matar as duas. Ver a bala atravessar os dois corpos de uma vez. PA!PA! A menina era franzina, seria fácil. E a mulher, de sem graça, começava a lhe criar uma certa inquietação. Uma sensação de que aquele encontro o levava à contradição. Devia partir, mas lembrou-se que nem tinha mostrado a arma que tinha consigo. "Merda. Que fita!"

A mulher lhe deu as costas, e Amélia fez tchau.

Saiu contrariado, mas com algum no bolso.

"Um, dois, correria, a noite me espera, Vida Loka!"

Maria do Carmo

Rita merecia um prêmio pela sua astúcia, pensava Maria do Carmo. Como nunca antes atinou pra essa possibilidade? Depois que tinha começado, Artur parecia muito mais feliz, "mais sociável", como se diz.

A coisa era simples. Um dia tinha reclamado à Rita que nunca sobrava dinheiro pra passear com Artur e que, ao mesmo tempo, não queria ele enfiado no campinho de futebol do Canhão, onde, segundo ela, só havia gente desocupada.

Rita deu a dica, então: "No mercado onde eu trabalho existe um local chamado Espaço Criança. É uma sala de diversão onde a criança fica enquanto os pais fazem compras. Tem jogos, lápis de cor, revistinhas, videogame e um monte de outras crianças.

Bingo! Maria do Carmo tinha aprendido rápido. Rodava o supermercado inteiro como se estivesse procurando uma iguaria inestimável. Ficava quase uma hora e meia olhando tudo aquilo que não podia comprar, travestida do maior desdém. Levava dinheiro pra pegar um pacote de açúcar ou sal, em caso de alguma emergência cênica, mas era só. Enquanto isso, ficava a imaginar quantas histórias Artur iria lhe contar. Dos novos amigos, das novas descobertas. Ela já tinha uma lista enorme delas. Artur um dia tinha conhecido uma francesinha. Brincaram duas horas a fio sem que nenhum falasse a língua do outro. Outro dia chegou com umas palavras estranhas, que depois Maria do Carmo descobriu serem de videogame. Eram palavras americanas. Menino sabido. Falando francês e inglês. Ele já conhecia as funcionárias da sala pelo nome e era muito querido das novas tias, que lhe tratavam com respeito e carinho. Muito melhor do que na creche.

Vez por outra encontrava Rita no mercado, que fazia que não a conhecia, que era pra não dar na cara. Dividiam nessas ocasiões um tiquinho de contentamento e cumplicidade, senão pelo segredo, pelo fato da própria felicidade do menino.

Nesse dia, quando Maria do Carmo foi pegá-lo, depois de rodar o corredor dos laticínios pela quinta vez, eis a grande surpresa. Uma mulher muito distinta a esperava na porta do Espaço Criança. Maria do Carmo congelou. Será que haviam descoberto seu plano? Rita seria despedida? Haveria fitas de vídeo gravadas com ela horas no mercado sem comprar nada? Antes que pronunciasse a primeira palavra, a mulher interrompeu seu desespero:

– Olá! A senhora deve ser a mãe do Artur, não é mesmo?!

Sem que Maria do Carmo respondesse, ela continuou.

– Pois bem, ele e meu filho já se encontraram por algumas vezes e no próximo sábado eu farei uma festa de aniversário para os seus sete anos. Aqui está o convite. Não fica muito longe. O Rodrigo ficaria muito feliz se o Artur pudesse ir

"Aquilo era um convite ou uma ordem?"

Artur se aproxima às gargalhadas, ao lado de um menino muito bonito, de cabelos castanhos e olhos azuis como os da mãe. A expressão do rosto de Artur revela que ele já sabe do que conversam, e ela entende o apelo mudo do filho. Ainda assim:

– Minha senhora, muito obrigada pelo convite, mas não sei se o Artur vai poder ir.

E continuou mentalmente: "Oras bolas, mas isso é tão claro e nítido... com que roupa? Que presente? Como chegar? O que ela fará enquanto espera que o filho se divirta? O que diria às pessoas? Nada, absolutamente nada a dizer."

– Por favor! Eu quero que o Artur conheça os meus games novos, a minha casa – disse o Rodrigo.

– Ah, sim – continuou a mãe como se nada houvesse escutado – prepare também uma sunga ou short de banho, pois, se fizer sol, vamos utilizar a piscina. Não se preocupe, pois contratamos uma pessoa somente para cuidar das crianças enquanto nadam.

"É claro, meu filho treina todos os dias lá no esgoto que a gente tem atrás de casa, conhecido também como córrego, sim, como não?!"

– Bem, então esperamos pelo Artur – continuou a mulher dos olhos azuis.

Aquilo era um convite ou uma ordem? Essa mulher tá maluca, é surda ou tá tirando uma com a minha cara?! Além disso, aparentemente uma das questões, aquela "com quem e do que vou conversar enquanto espero", estava resolvida, pois ela tinha falado em "esperamos pelo Artur". Quer dizer que "EU não era convidada, e eu devia ser grata?!"

A mulher deu um sorriso besta de despedida e foi seguida pelo tal Rodrigo, que até tinha uma cara bem simpática.

Nas mãos de Maria do Carmo ficou o convite, e na sua frente o olhar do filho, que nunca lhe pedia nada.

Vida Loka

Antes de chegar no Canhão e negociar o que tinha conseguido, foi pego pela curiosidade do que via na tela do celular. Uma foto da mulher sem graça que não chora, com a tal Amélia no colo. Estavam em um lugar com muito verde. Devia ser o Ibira ou o Parque da Aclimação. Pelo menos eram os mais próximos do sobradão. Se bem que também podia ser o Botânico.

Apertou algumas teclas e então teve acesso a uma galeria de imagens.

Em todas elas, a mulher e Amélia pareciam bem felizes e estavam sempre em locais diferentes. Como conseguia se deslocar tanto? Afinal, não havia garagem no sobrado. Será que ela tinha carro e guardava em outro lugar? Ia averiguar isso. Podia dar uma boa grana ou servir pra alguma correria. Além disso, tinha que mostrar pra ela que não é nada bom esnobar e subestimar fio desencapado que nem ele. Gente criada do lado esquerdo da vida.

Elias

Elias chegou no Sumaré com ar contente. O dia tinha começado bem, e sua vida não estava das piores. Tinha Rita, que era honesta, trabalhadora e deliciosa. Rita era mais velha do que Elias oito anos! Ele já estava se habituando, e até se divertindo, com as indiretas dela sobre as suas rugas, a celulite, a barriga, os fios brancos. "Dane-se tudo." Quando se encontravam naquela cama estreita, Elias sentia-se o homem mais completo do mundo e podia cair naquele abismo negro até morrer silenciosamente feliz. A eles só faltava uma coisa: um filho, que, infelizmente e apesar de suas insistências, Rita não queria. Algum filho da mãe tinha lhe dito um dia uma frase de um tal escritor que falava que era um pecado botar filho no mundo pra sofrer. "Cara imbecil!" Um dia daria um jeito. Rita haveria de querer ter um filho com ele. Que soubesse, Elias não tinha herdeiros. De forma egoísta sabia também que seu desejo era, de certo modo, ter Rita pra si e formar um elo que o destino iria velar com tato. As coisas andavam a seu favor, estava trabalhando como nunca e ganhando bem pro padrão lá da vila. Rita também estava seguindo carreira no supermercado e dizia-se pelos corredores que ela seria promovida.

– Promovida sim, agora aquela foto ridícula de funcionária do mês eu dispenso.

Rita tinha o dom de fazê-lo rir. Mesmo quando estava emburrada, e isso era mais comum do que ele gostaria.

Elias estava satisfeito consigo. De como ele existia ao lado de Rita. Era melhor do que jamais fora e queria perpetuar e absorver esse sentimento. Que longe ficassem todas as lembranças de quando era segurança do Califórnia, um bordel de luxo, com "universitárias". Grande merda! Como se pra ser puta precisasse de diploma. Como se algum dos homens que frequentavam a casa estivesse preocupado em quanta cultura elas iam aplicar a uma bela chupada. Ridículos, todos.

E elas, as universitárias, olhavam pro pessoal da segurança com aquele jeito de que elas não eram pro nosso bico. Como se algum de nós quisesse alguma coisa. A gente só pensava em estar em casa dormindo, ou num bar tomando uma com os amigos. Alguns dos seguranças faziam três bicos por dia. Chegavam no Califórnia simplesmente esgotados, e ainda tinham que ver aquelas biscates se achando a Whitney Houston em O Guarda Costas. A gente trabalhava pro dono, e não pra elas. Raras eram as gentis. Tinha uma que morava em Moema.

Bem, quase todas moravam em flats nesse bairro. Mas essa era bem educada. Ester ou Teresa era o nome, enfim: passado morto e enterrado.

O presente? Sim, esse estava sorrindo pra ele. Dando-lhe uma nova oportunidade. Presenteando-lhe com Rita, que não ia perder por nada. Um valor que até então ele mesmo desconhecia em si. Rita lhe disse uma vez "Se respeite". E isso foi um divisor de águas. Ela não havia dito "Me respeite!". Ela havia dito "Se respeite" e, antes, o foco nunca era em Elias. Entrou de vez na chamada da vida, e da capoeira, já tinha talento para um certo traquejo das voltas do mundo. Caminhando pela Heitor Penteado lembrou-se do calor, do suor, das mãos de Rita pelo seu corpo. A boca secou, a vontade apertou. Todo mundo deveria começar a trabalhar a partir das dez da manhã. Quem teria sido o escroto que tinha criado essa coisa de "das oito às dezoito"? No mínimo o cara era brocha, pois todo homem sabe bem que um sexo pela manhã é obrigatório, filosófico, é gostoso. Soube há pouco tempo também que presidiária não podia receber visita íntima. Coisa mais antiquada e machista. Como ninguém nunca fala a respeito disso? E por que a gente aguenta tanta coisa calado? A população inteira tinha que fazer estágio no ABC, ir aos comícios, fazer greve, beber no bar da esquina. Isso era filosofar. Boteco é subversão. Um copo bem vertido pode conter em si mesmo uma revolução inteira e sem mortes.

– E aí, Elias?!

– Opa! Bom dia, Cláudia! Tudo beleza?!

– Só o cansaço né, negão! Mais um sábado começando pra gente.

– Já sabe onde vai ser a festa de hoje?!

– Parece que é na Vila Olímpia. E é casamento, então, se prepara!

– Nossa!!! Vila Olímpia é um porre. Bufê na Vila Olímpia então... bom, mas melhor isso do que...

– Pense nas gorjetas, e pense nas loiraças que vão te dar bola enquanto você serve os drinks ou recolhe os copos.

– É, né. Essa profissão de garçom em festa de bacana está sendo um grande exercício de paciência pra mim, Claudinha. Escuta o que eu tô falando.

– Ah, tá! E você acha que comigo é diferente?! Se meu marido soubesse metade da emenda, eu tava de cara roxa servindo de testemunha.

– Larga esse cara, Cláudia. Paulada basta as da vida.

– E eu não sei?! Mas lá se vão 15 anos de casamento. Não vou abrir mão disso – e saiu andando.

– Elias olhou para a companheira de trabalho com pesar.

Clementina

O corpo estava assim, meio de lado. Uma perna dobrada. A bolsa caída perto do corpo e por baixo dela corria um braço de sangue que se juntava à água parada da guia. Tudo isso junto ficava empoçado num bueiro entupido de sujeira. O corpo estava coberto pelo jornal, mas dava pra ver que o rosto estava colado ao chão.

Jamilson sentiu um mal-estar e quis vomitar o que não havia no estômago. Dois dias sem comer. Dias de procura. Os policiais que antes o trataram com desdém se apiedaram dele. Buscaram incessantemente. Jamilson dormiu uma noite no xadrez e achou que era bondade. Os seus documentos ficaram retidos, e ele pensou que fosse por segurança, pra que ninguém os pegasse pra falsificar. Não chamaram os vizinhos que ele pediu, e ele pensou que fosse com a intenção de não preocupá-los. Na delegacia, olhos famintos e pobres. Olhos de frustração e olhos que já haviam visto o mal, o sangue e a carne. Aqueles que vivenciaram o triunfo da maldade. Jamilson, a ovelha. A ovelha casta tão bem criada e nutrida pela tia, pela mãe, pela madrinha, pelo tudo que na Terra pra ele tinha. Dona Clementina estava ali. Imóvel. Machucada. Exposta ao frio e aos olhos de bichos humanos que estão ali pra aparecer na televisão. Jamilson engoliu a saliva caudalosa. Abaixou-se devagar, como um velho. Levantou o jornal. Deslocou a mão da tia pra perto do corpo e só aí notou que tinham desenhado com giz em volta dela. Alguém tentou removê-lo, mas uma mão firme deteve tal intenção. Essa mesma mão firme repousou no ombro de Jamilson, como que pedindo uma confirmação, e ele assentiu com os olhos trêmulos, escuros. Não usou palavras pelo receio do peso da própria voz. Tinha entendido alguém dizer que havia sido com faca de manteiga. Sim, uma faca de manteiga daquelas de ponta redonda. Então ficou imaginando como tinham desferido os golpes com tamanha força pra que a ponta redonda pudesse perfurar o corpo da tia. Não pôde ouvir que, na verdade, a filha de Cristo havia perdido sua candura pela ponta dessa faca e sangrado até a morte. Mesmo se ouvisse, não entenderia por falta de disciplina com as coisas da maldade e do sexo. Um cadáver que, em terreno infértil, não mais procria. O sangue escuro que escorria de sua cabeça havia sido causado pela queda. A morte certa veio de hemorragia interna.

Apesar de suspeita, a Congregação do vereador e pastor Jair tinha sido eficaz. Nessa mesma tarde, chegou na delegacia com advogado e uma meia dúzia de irmãos. Fez discurso, pregou, gritou e deixou todo mundo tão zonzo que, quando Jamilson reparou, já estava com poeira na sola do sapato, ou seja, em casa.

A Congregação pagou o caixão e as flores. E olha que o caixão não era vagabundo não. A passagem do pastor pela delegacia até serviu pra uma notinha no jornal do bairro. E, é claro, as intenções de voto aumentaram relativamente. Pra terminar, Jamilson ganhou um terno novo, azul-marinho e uma camisa branca que era duas vezes o seu tamanho. Tinha saudades da tia. Ninguém tinha reparado que o menino ainda não tinha chorado. Guardava no peito uma solidão recente que às vezes tirava o seu ar e a sua fala, como se as lembranças queimassem a sua língua. O sorriso desapareceu. O olho ficou fundo. Os cabelos continuaram muito bem penteados, e os sapatos, limpos como gostava Clementina. Laura, a vizinha, se encarregou de doar os bens da tia, e a bem dizer tinha se nomeado como única herdeira, o que facilitou bem a problemática da distribuição e da logística. O barraco tinha ficado pro menino. Intervenção do seu Luís do bar, que nunca se metia em nada, mas que quando abria a boca era pra falar uma vez só. Assim falou, e assim foi feito. No barraco ficou a cama de solteiro. Jamilson sentia falta do sofá onde a tia dormia para lhe dar mais espaço. A cama agora parecia grande. Um barco à deriva. A noite sentia tonturas, e era como se não tivesse rumo certo nem remo. Tinha a alma que descolava e uma ventania de gritos sufocados, que não permitiam a chegada do sono. Insônia. O corpo orgulhoso e convicto não reagia a nada, que a gente bem sabe que o corpo é um ser caprichoso, que não cede assim tão facilmente aos comandos da mente. Aos que perguntavam nada respondia. Dali em diante, sua boca só abria para falar "Amém!".

Metrô

Quando a viu entrar no metrô, com a menina a tiracolo, segurou a respiração. Encolheu o corpo no canto do vagão e desviou o olhar com medo de ser reconhecido. Teve certeza de que a menina olhou pra ele. "Só falta fazer, tchau, vaquinha!" A mulher tinha uma altivez que o irritava profundamente, profundamente. Engoliu seco a loucura e o ódio e, nas entranhas, esses dois sentimentos misturados começaram a devorá-lo. Logo alguém cedeu lugar pra ela sentar. Sim, isso ainda acontece no metrô em São Paulo. Alguns trouxas também dão a bolsa ou a sacola para alguém segurar. Costume antigo. Provinciano. Coisa de gente dos interiores das zonas Sul e Leste. Gente que quando vai no centrão anuncia: "Vou pra cidade!"

"Panacas!" Como gostaria de furar uns três, rapidinho. Escolheria pela cara, pelo jeito de olhar pra ele. "Me olhou? Então toma aqui pra ver se é bom." E já se imaginava dentro de um filme japonês, com espadas e sangue, e movimentos de luta, com corpos convalescentes pelo chão.

A sua atenção é desviada pra uma mulher que atravessa o vagão inteiro a passos firmes. Equilíbrio total. Tem cabelos tão compridos quanto a saia que veste. Não, mas ela não é crente não. Tem algo estranho. Atrás dela vem uma garota. Duas tranças de um cabelo castanho emolduram um rosto de bochechas saudáveis. Ela está bem vestida, mas já tem o ar daquelas mulheres adultas, casadas e de saco cheio da vida sem sobressaltos. Elas recolhem uns papéis. Papéis que pedem dinheiro. Aos que colaboram não dizem obrigada. Aos que nada dão, jogam um olhar de maldição. "Saquei, são ciganas!" O sorriso de ouro da mãe confirma a sua suspeita. Se bem que não tinha sido um sorriso. Era uma ordem pra pequena em um idioma que não entendeu. Mas a menina respondeu em português: "Está bem!" E seguiu pra a outra ponta do vagão recolhendo os papéis. Lembrou-se de si mesmo quando trabalhava no trem. A sacola pesada nas costas. Arrebentando por baixo. Os tapas do padrasto que sempre acertavam em cheio o seu rosto. Pontaria boa ele tinha. Podia ter sido policial.

Ele, da sua parte, sabia muito bem o que era trabalhar dentro de trem. E trem é diferente de Metrô. Muito diferente. Minutos cronometrados, discurso decorado, rapidez em desviar das pessoas, marcar os rostos de quem ficou com a mercadoria só por educação, ou medo. Não tem que pedir licença nada. É jogar no colo da pessoa e sair andando. Se alguém achar ruim, é um, dois, faca na barriga. Cachorro louco. Um dia todo fugindo dos seguranças. É fugir quando assalta, é fugir quando trabalha, é fugir de casa, é fugir de tapas. A vida da gente é uma fuga sem parada. Tem gente que nasce com essa sina e não tem como escapar. Fugiu da barriga da mãe, é suspeito. Seremos sempre vigiados. Seremos sempre suspeitos, excluídos do projeto civilizatório em contínua implementação. Quem escapa e quem esquece?

Eu ali, vendendo coisas que geralmente não custavam mais do que um real. A vida do 1 real é mais real do que se imagina. Dá pra fazer tanta coisa com 1 real nesse mundo. E os play ficam agora querendo dar de malandro. Ouvindo música de periferia, falando de periferia, filmando periferia. Uns otários. Enquanto não tomarem do meu sol e não beberem da minha água, eu boto pra correr. Outro dia foi jornalista lá na área. Sorrisinho. Por favor daqui, obrigada dali. Todo mundo ligado. Todo mundo fugindo, e a chefia só de olho em quem é que ia ceder palavra. Ninguém. Já era. Leva teu perfume, que aqui a gente fede. O suor do trabalho fica impregnado. Não adianta lavar camisa, passar desodorante. O suor do trabalho é que nem melaço. Fica grudado. Marca como gado. Arde de sentir. E a pobreza é contagiosa. Ela é contagiosa, não é modinha. Quem acha que é modinha que venha caminhar na minha terra de pó e de sangue seco. E, por falar em gado, voltemos à vaca que está sentada com a tal da Amélia no colo, outra vaquinha. No rosto, uma cicatriz. Sim, apesar de pequena a minha marca tinha ficado lá. Ela já tinha entrado pra minha boiada. Pra sempre. Tenho certeza que se ouvisse a minha voz de comando ela se mijaria toda. Eu que dentro da Febem fui o Voz. Que tinha comando, que tinha minha falange. Minha vontade era ordem. Se eu mandasse um moleque se abaixar igual a cadela, era isso e pronto. E tinha que gemer e pedir mais. Poder. Riu-se, e a mulher do lado olhou pra ele como se fosse um louco. Ah, taí o motivo pra ela ser a primeira. Um, dois, facada. A porta do Metrô abriu e, pra a salvação dela, ele estava com pressa. "Outro dia, piranha. Sua cara já tá marcada."

Metrô

No dia seguinte e em todos os dias que se seguiram, ele pegou o metrô no mesmo horário e entrou no mesmo vagão. Isso era bom. A maioria das pessoas que saem pra trabalhar fazem isso. Daí acontece que seu rosto fica comum, e as pessoas, mais relaxadas, pois afinal você é mais uma sardinha. Como todos ali. Sardinhas compactadas prontas pro massacre da conivência e da convivência circunstancial. Uma sardinha que esboça um sorriso socialmente aceito. Fica tão fácil que quase perde a graça.

A rotina confirmou que a vaca entrava sempre na mesma estação, e no mesmo vagão. Tão óbvia, a otária. Duas vezes por semana a tal da Amélia entrava com ela e as duas desciam na estação Santa Cruz. De lá elas iam até a AACD de ônibus. Entrava por trás e não pagava passagem. Saía meia hora depois sozinha e pegava um busão no sentido da Vinte e Três. Duas horas depois chegava a negra que já tinha visto na casa. Pegava a pequena, e partiam de táxi. Sempre o mesmo. No mínimo era contratado.

Seguiram-se, assim, algumas semanas. No começo, só mais uma curiosidade. Depois pensou em assustá-la novamente. Só que o coração foi se mostrando um inimigo silencioso. Órgão impertinente, malcriado, parece que quer independência do corpo todo. Não que a vaca tivesse virado borboleta, mas tinha alguma coisa que fazia com que os seus olhos ficassem grudados nela. Ela não era bonita. Nem era gostosa. Usava umas roupas meio modernas, quase masculinas. Os cabelos sim eram bonitos. Um dia ela sem querer esbarrou nele, e ele percebeu que os olhos eram castanhos cor de mel. Ou, como ela era uma vaca, eram cor de bosta de vaca com disenteria. Era isso o que eram os seus olhos.

Que droga? Pra que perder tanto tempo com ela? Quem pagaria resgate? Que saco! Deixa pra lá. O mal tem hora certa pra bater na porta.

O que estava acontecendo com ele? Haviam roubado a sua ira ou tirado a sua covardia assim, sem aviso prévio?

Ela ia pagar por tudo isso. Enquanto não arquitetava um plano, continuava a segui-la por garantia. Gente ocupada com trabalho não sente o bafo do lobo. Sempre cuidando do horário, que era pra dar tempo de ver a Rita passar quando voltava do trabalho. Essa sim, Rita era mulher que merecia do bom e do melhor, um dia seria dele e o brilho do samba passaria pra margem esquerda do córrego.

Estela

Já tinha procurado tanto por notícias de Clementina que estava convencida de que o pior havia acontecido. Tinha corrido todas as delegacias de Moema e nada. Até no batalhão ela foi. Perder Clementina seria como perder o último fio de dignidade, a raiz da sua fé. Clementina era o seu fio condutor. Era o seu pé no chão. Era a referência de que precisava pra saber que aquilo não seria pra sempre. Tinha certeza de que Clementina sabia o que fazia todas as noites, e entendia o significado dos telefonemas de tantos homens. Ainda assim, quando Estela se levantava já tarde, lá estava seu bolo de fubá, salpicado de erva doce. Molhado. O café já cheirava, e o pãozinho fresco já estava lá com o queijo minas. Bastou uma vez Estela falar do que mais sentia falta de quando morava com a família que Clementina foi adaptando tudo no apartamento. Flores frescas na cabeceira da cama. Lençóis trocados toda semana. Carne com quiabo, queijo e goiabada. Tinha chorado escondido muitas vezes para que Clementina não percebesse o quanto a deixava feliz. Tinha medo de Clementina perceber e pedir aumento de salário. Mas, vá lá, esse pensamento egoísta vinha só de vez em quando, pois no mais, a seu ver, era bem generosa com Clementina.

Um dia acordou com o olho roxo. Mas a pancada não tinha vindo de nenhum cliente. Era da sua paixão mesmo. Sorte com homem nunca tinha tido, e só não virava lésbica porque não gostava da coisa.

Vida com homem é muito difícil. Estela também já estava quase lá, pegando raiva de homem.

Nesse dia, quando Clementina viu o rosto de Estela, nada disse nem olhou com olhos de recriminação. "Que crente diferente!", ainda pensou Estela.

Clementina esquentou uma toalha úmida e deixou por cima do rosto. Depois fez um chá de camomila e também colocou por cima. Em seguida, foi pra cozinha, acendeu uma vela branca perto da imagem de Santa Clara, da qual Estela era devota.

– Oh, Clementina, você não é contra imagens de santo?! – não se conteve.

– Sou, mas a santa é sua. Se é nela que você acredita, é pra ela que eu vou pedir.

Nesse dia, Clementina não limpou a casa. Ficou sentada ao seu lado na cama. Estela vendo televisão, e Clementina lendo a bíblia. Como viveria sem ela?

Enxugando as lágrimas, Estela agradeceu ao

cliente delegado que, enfim, trouxe informações. "Minha Clementina, desse jeito, meu Deus, ela não merecia." Voltou pra casa a pé, pensando em quantas pessoas boas morriam de forma tão violenta, tão sem misericórdia. Onde estava o Deus de Clementina? Seria castigo por ela ter rezado pra Santa Clara? "Que bobagem!"

Os políticos? Tão lá roubando todo mundo na cara dura, sem pudor nenhum. Quem vai pra rua quando eles são absolvidos de alguma falcatrua? Ninguém. Agora quantos vão pra casa quando o crime manda? Todo mundo. E a gente fica assim, rendido. Não sei como a Polícia Federal continua prendendo gente. Eu já teria desistido. Os caras descobrem as falcatruas, prendem os filhos da puta e depois a justiça bota todos eles na rua, de onde podem voltar pras suas casas de luxo, com aposentadoria e plano de saúde garantidos. Os seus condomínios fechados. As suas prisões globalizadas. Globalização de pobreza. Saldos da dignidade. Quem vai sobreviver ao extermínio cauteloso e disciplinado da humilhação e da vigilância cotidianas? "Se coloque no seu lugar!" Alguém está nos colocando nos nossos lugares. Reposicionando. "Fica aí quietinha." E, assim, a gente segue. Espermatozóides atrás de um óvulo que não fecunda por capricho. Permissivos. Calados. Reclamando da boca pra fora, girando a máquina da produção de pobrezas.

Sua forma de justiça individual era sempre tirar onda quando o cliente era político. Cobrava mesmo. Em euro e o caralho, a porra. Fazia se apaixonarem por ela e depois humilhava. Quando começava a humilhar, já se engraçava com alguém mais poderoso que a deixasse com costas quentes. Assim seguia a vida, replicando o veneno das imunidades constitucionais.

Com aqueles que só queriam conversar, ela também cobrava o dobro. Ele que fosse conversar com amigos em um bar, ou com a mulher em algum restaurante. Pagar puta pra conversar é ser muito jegue.

Para os que amava, dava de graça mesmo, e normalmente ganhava uma porrada de troco. Assim é a justiça dos homens: roxa.

Seria questão de honra. Encontrar o sobrinho de Clementina. Daria a ele tudo aquilo que Clementina tinha sonhado e dividido com ela em suas conversas. A sua vida tinha que ter algum propósito mais nobre do que ser alvo de porra, de porrada e de soco.

Talvez a sua mãe tenha querido tudo isso pra ela também, mas não esperou para saber. Simplesmente não podia mais suportar ver o padrasto maltratá-la na sua frente. Ele tinha qualidades também. Estela tinha mais duas irmãs, tão belas quanto ela, e Carlos, o padrasto, nunca tinha olhado com olhos de desejo, nunca as tinha tratado com desprezo. Nunca! Sempre as tinha respeitado. Mas com a sua mãe o papo era diferente. Tinha um ciúme doentio. Estava acabando com ela. Tirando a sua vida em pequenas mordidas. Tudo por causa de uma besteira. De um comentário sem maldade de um vizinho sobre a beleza da mãe. Dali surgiu tudo. Quando as brigas começavam, esse vizinho saía de casa. Fugia dos gritos. Sentia-se culpado pelo que acontecia com a minha mãe. Já tinha tentado explicar mil vezes, mas Carlos simplesmente o ignorava. Se a minha mãe demorava cinco minutos a mais para ir ao mercado, Carlos inventava que ela estava de caso com alguém de lá. Se o leitor da luz tocava a campainha e a minha mãe abria a porta, ele perguntava se lhe faltava algo dentro de casa. De tanto persegui-la perdeu o emprego, e daí em diante a situação ficou de pior a pior.

À noite, no entanto, ouvíamos eles fazendo amor. Carlos chorava e pedia desculpas, jurava que nada daquilo ia acontecer de novo. Minha mãe ficava calada. Só ouvíamos a sua respiração. Acordávamos pela manhã, com bolo de fubá. Todos felizes. Carlos, sorridente, elogiava tudo. Conversávamos e desejávamos boa sorte pra ele em mais um dia de busca por trabalho. Mas, ao sairmos meia hora depois pra o colégio, víamos ele lá, na esquina, escondido, de tocaia, espreitando a vida da nossa casa, que definhava.

Parti para estudar. Carlos, minha mãe e minhas duas irmãs ficaram na soleira da porta. O jardim na frente da casa. A grande árvore. Carlos e minha mãe pareciam muito velhos. Todos choraram. Eu prometi que voltaria logo, que o tempo passaria logo. Fui pra a capital, e o resto da história a gente já sabe: não voltei. Minha palavra eu mantive. Me formei na faculdade de Relações Públicas, e a bem da verdade eu exerço a profissão, se não de Relações Públicas, de Relações Particulares. Se bem que eu atendo muitos órgãos públicos, e sou paga com dinheiro público, mas enfim...

Dois anos e meio depois da minha partida, Carlos deu uma surra na minha mãe e, quando uma das minhas irmãs se aproximou pra apartar a briga, o braço dele pegou em cheio no rosto dela. Ela caiu e desmaiou. Carlos chorou, pediu perdão, mas o grito da minha mãe foi mais forte. Das profundezas da sua mágoa calcificada, ela tirou as últimas forças que lhe restavam, abafou todo o amor que tinha por ele e berrou toda a vida miserável que tinha tido desde que o ciúme fez morada na sua casa. O grito foi tão longo e melodioso que pareceu durar uma hora seguida. Os vizinhos vieram aos montes, mas não ousaram entrar.

Minha mãe abriu a porta e saiu com Teresa, a minha irmã, nos braços pedindo socorro. Nem se deu conta de que a camisola azul estava cheia de seu próprio sangue que escorria do nariz inchado.

Meu vizinho, aquele, pegou o fusca correndo, colocou a minha mãe e irmã atrás. A mulher dele sentou na frente e ainda xingou Carlos de algum nome.

Mas ele nada tinha ouvido. Olhava pra Gabriela, e pra minha outra irmã que encolhida do lado do sofá, tremia, sem conseguir sair do lugar. Estava em choque.

Carlos foi, então, até a cozinha, pegou o veneno de rato, umas bolinhas, e engoliu várias. Chamou uma das vizinhas e entregou Gabriela. Beijou a testa dela como fazia antes de dormirmos e sumiu no mundo.

Eu sei de tudo, pois Gabriela me contou por telefone. Ligou três horas depois do acontecido. Ligou da vizinha e pediu pra eu ir correndo.

Teresa ficou com uma cicatriz. Gabriela é estranha até hoje. Grita à toa. Minha mãe voltou a trabalhar. Estuda à noite pra concluir o ginásio. Carlos sobreviveu. Soubemos, depois, que ficou na UTI por duas semanas. Fizeram lavagem, entubaram ele. Felizmente não ficou com nenhuma sequela mental, só física. Não se locomove mais. Mora com uma irmã. Minha mãe vai visitá-lo três vezes por semana, religiosamente. Nessas ocasiões, Carlos fica muito feliz. Minhas irmãs também vão visitá-lo, e sempre que posso também vou ver todos eles. Dizem que, quando minha mãe vai visitar Carlos, parecem dois namorados recentes que estão tentando se conhecer melhor. E assim, despedaçada, a minha família sobrevive. E se ama. Profundamente. Do meu pai verdadeiro não sei, não quero saber. Se um pai esquece da gente, a gente também tem que fingir que não liga. Foda-se ele, que fique ao Deus-dará. Tem uma curva que quando a gente vira, não adianta olhar pra trás.

Já tenho o dinheiro pra a cirurgia do Carlos, homem que me criou. Também dei entrada em um carro. Estou pagando o colégio de Teresa, e Gabriela está fazendo inglês.

Na minha vida agora, só duas promessas: nunca mais fazer aborto; e encontrar o sobrinho de Clementina.

Marina

O bendito dia chegou. Artur estava que não se aguentava de tanta felicidade. Além de ir na festa, tinha ganhado tênis novo, conjunto de abrigo novo, cabelo cortado e até perfume. E nem era Natal.

Maria do Carmo tinha comprado tudo lá no mercado mesmo, por meio de Rita, que tinha um cartão de funcionário. Além de desconto, deixava pagar tudo em prestações. A amiga lhe ofereceu tudo sem que tivesse que pedir. Tinha comprado até mesmo a sunga e uma toalha nova. Já que tinha desconto, passou a mão também em uma mochila nova e encheu de biscoitos, suco, troca de roupa, enfim tudo o que fosse necessário pra que Artur não passasse vergonha na frente daquela playboizada toda.

O endereço era Chácara Klabin, ou como o povo do bairro falava: "a chácara dos Klabin". A mulher morava numa casa. Casona por sinal, porque ela já tinha ido dar uma espiada no local uma semana antes. Em todo o caminho do Canhão até lá, Maria do Carmo foi dizendo a Artur tudo o que ele não tinha que fazer nem aceitar, e sempre dizer obrigado e por favor. E, se qualquer coisa acontecesse, ela estaria perto de um orelhão ali no bairro. Que ele ligasse imediatamente, e ela chegaria em menos de cinco minutos. "Seja comportado e ouça tudo o que eu te falei. Agora tem uma coisa. Se alguém te bater, bate também."

Maria do Carmo e Artur chegaram na porta da casa, onde tinha um segurança recebendo as pessoas. Muitos carrões parando e deixando as crianças. Nenhuma mãe, somente algumas babás entravam. Maria do Carmo suspirou fundo, teve um frio na barriga e lembrou-se de que só tinha tido esse medo no primeiro dia em que tivera que deixar Artur ainda bebê na creche, pra poder retornar ao trabalho. Foi pro trabalho chorando, como se tivesse cometido um pecado grande. Artur ficou tranquilo. Dormindo estava e dormindo ficou, no colo da servente da creche. Artur sempre foi assim, "dado". Não chorou quando foi pra escola, fazia amizade com todo mundo. Maria do Carmo ficava admirada com a desenvoltura do filho. Por segurança, caminhava e repetia o bordão: "Lembre-se de tudo o que eu te falei, hein! E, além do obrigado e do por favor, lembre-se principalmente da última parte, do tapa".

– Tá bom, mãe. Pode deixar.

Nesse momento, Rodrigo e sua mãe chegam até a entrada da casa. O menino fica feliz ao ver

Artur, e isso traz um alívio momentâneo à Maria do Carmo.

– Que bom que veio! – disse Rodrigo.

– Obrigada pelo convite. Artur, entregue o presente ao Rodrigo – disse Do Carmo.

– Olha, Rodrigo, é um game.

Rodrigo ficou tão sinceramente feliz que Maria do Carmo achou que a cópia pirata que ela tinha comprado na Pajé devia ser realmente muito bem feita.

– A festa vai terminar lá pelas 18h. Pode vir buscá-lo nesse horário.

– Ah, sim, está bem. Olha, qualquer problema eu estarei aqui nesse telefone (o telefone do orelhão ali perto) – e entregou um papel à mulher, que descobriu se chamar, Marina.

Marina olhou pra Maria do Carmo e por um instante ficou bem pensativa. “Será que eu fiz alguma coisa?”, pensou Do Carmo.

– Você não prefere ficar conosco. Talvez o Artur se sinta mais à vontade com você por perto.

Maria do Carmo achou isso estranho, pois Artur e Rodrigo já tinham entrado pra dentro da casa, e Artur, como de costume, já estava muito à vontade.

– Não. Tudo bem. Eu tenho uma amiga que mora aqui perto. Vou aproveitar pra visitá-la.

Marina pensou o quanto era esperta a mãe do Artur. Sabia muito bem que aquele número era de um orelhão ali perto, e que a mulher iria esperar em pé por quase quatro horas.

– Olha, eu faço questão. Entre.

– Não, não.

– Entre.

Mas o que era, enfim, essa mulher que gostava de dar ordens à Maria do Carmo? E se não entrasse? Será que fariam alguma vingança com Artur? Será que é de uma quadrilha de tráfico de órgãos? Ou faz vídeos de pedofilia? Entrou.

A casa começava por um jardim e logo depois tinha piscina, cheia de boias. Estava tudo decorado e colorido. Do lado esquerdo, na sombra, tinha um buffet onde as crianças se serviam à vontade com a ajuda de pessoas contratadas. No entanto, ao contrário do que Marina tinha dito quando fez o convite no mercado, algumas mães estavam presentes. Mas via-se que eram poucas e, com certeza, as mais íntimas.

– Vamos entrando. Não fique tímida.

Ao atravessar o pátio, Maria do Carmo viu Artur enturmado com várias crianças, e isso trouxe o segundo momento de alívio. Mas era como se estivesse se despedindo do filho, sendo levada pra forca ou pra algum matagal de extermínio.

– Essa é a Alice.

– Oi.

– Oi.

– Alice essa é a..

– Maria do Carmo

– Isso, Maria do Carmo. Alice, quero que você fique fazendo companhia pra a Maria do

Carmo durante a festa. Podem ficar na sala de televisão. Eu peço pra o pessoal do buffet servir vocês, ok.

– Tudo bem, dona Marina. Mais alguma coisa?

– Não, querida. Agora deixa eu ir lá pra frente que os convidados estão chegando.

Falou isso e saiu com o vestido esvoaçante. “Bem perua essa Dona Marina”, pensou Do Carmo, enquanto que, de soslaio, viu Alice, que a olhava dos pés à cabeça. Alice era daquelas metidas a besta que achavam que, por trabalhar pra gente rica, era superior por tabela.

Foram pra tal sala de televisão e, com o passar das horas, Maria do Carmo percebeu que Alice era engraçada. Uma miniatura da perua que era a patroa. Bem afetada, mas engraçada, e também via-se claramente que era prestativa e sobretudo leal à dona da casa.

Durante o tempo que tinha ficado ali, Alice saiu umas duas vezes pra ver se a patroa estava precisando de alguma coisa. Voltava com taça de champagne na mão e continuava falando de forma debochada.

– Faz tempo que você trabalha aqui?

– Minha filha, isso aqui é a minha casa. Eu mando aqui. Tô aqui há quinze anos. Quinze, sabe o que é isso?

– Então sua patroa deve ser boa...

– Boa? Ela é o máximo! E, só de roupa, o que eu ganho é o meu salário ao infinito. Só marca boa.

– Entendo.

– Olha, ela pode parecer uma perua meio amalucada, mas é uma pessoa muito generosa. Muito simples.

– Uh. Sei!

– Tô falando, mulher! Sabe como ela soube que você não ia pra casa de amiga nenhuma?

– Como assim "ela soube"?

– Minha filha, você deu o número do orelhão de onde o amante dela liga pra falar que chegou!

– Você não tem medo de falar isso pra mim? Nem me conhece?

– Todo mundo sabe do amante. E todo mundo apoia porque seu Rogério, o marido dela, é um crápula. Um nojo de homem. Tem mais é que tomar corno.

– Nossa! O homem é tão ruim assim?

– Ah, outra hora eu te conto. Por hoje já te falei demais. Acho que é o champagne.

– É, eu também fiquei um pouco tonta com essa champagne.

– É que essa é da boa, minha filha, não é espumante de macumba não.

Maria do Carmo fez aquela cara de "boa ou ruim, eu nunca bebo champagne". As duas riram.

– Acho que já tá na minha hora. Não dá pra chegar muito tarde lá no bairro.

– Calma, é horário de verão. Vai estar claro. Além do que, tenho certeza de que dona Marina vai mandar o motorista levar vocês.

– Não, não quero nada de motorista não. Tá

maluca? Ela já me deixou aqui isolada das outras mães, agora vai querer me agradar com motorista? Eu sei meu lugar e pelo visto a sua patroa fez questão de que eu me lembrasse disso.

– Você é meio problemática, né?

– Desculpe. Quero dizer que não pega bem e também não quero incomodar.

Nesse momento, Artur entra na sala de mãos dadas com Marina.

– Vamos embora, mãe?

– Vamos, meu filho. Eu estava falando disso mesmo. Olha, muito obrigada por ter convidado o meu filho.

– Foi um prazer. Agora que sabe o caminho, vai ficar mais fácil pra os meninos se encontrarem. Aí eles também vão poder nadar na piscina. Hoje o tempo não ajudou muito.

– É, mãe, eu vou voltar aqui pra nadar na piscina. "Ah, se eu pudesse, agora ele levava um beliscão daqueles." Sorriu contrariada.

– Então está bem. Muito obrigada – respondeu puxando o filho pelo braço.

– Alice, acompanhe dona Maria do Carmo até a porta que eu vou voltar lá pra dentro – e, abaixando-se, disse – Tchau, Artur. Até mais.

– Tchau, dona Marina.

Alice acompanhou os dois até a portaria.

– É, eu errei dessa vez, ela não mandou o motorista levar vocês. Desculpe.

– Tudo bem. E obrigada pela companhia.

– Tchau.

Ao entrar novamente na casa, Alice foi interpelada por Marina.

– E, então, como é a moça?

– É trabalhadora. Cria o menino sozinha. Educada, mas desconfiada. Deve tomar surra da vida há muito tempo. Deixa a gente arisca.

– Uh. Bom. Lembra daquelas roupas que a gente separou?

– Lembro.

– O que não levar pro seu sobrinho separe pro menino, e as roupas que você não quiser pra você separe pra ela.

– Ih, dona Marina, acho que ela é daquelas orgulhosas que não aceitam coisa usada.

– Esse menino vai passar a frequentar a nossa casa e a sair com o Rodrigo. Ela não vai ter como não aceitar. O menino vai precisar. Alice... mãe faz qualquer coisa pra ver o filho feliz.

– E eu não sei, dona Marina, vendo a senhora...

– Não, Alice. Agora não. Hoje é aniversário do Rodrigo e, se ele tem pai que inventa viagem pra ficar com pilantra e faltar no aniversário do filho, ele tem mãe. E essa mãe está muito feliz hoje. Deixa esse outro pra lá.

– É claro, dona Marina. Mais alguma coisa?

– Prepara a banheira pra mim. Daquele jeito.

– É pra já, patroa.

– Já disse que não sou sua patroa.

Ambas sorriram cúmplices.

Enquanto isso, na rua, Maria do Carmo ouvia Artur que falava que nem papagaio. O filho estava feliz. Muito feliz. E Maria do Carmo não sabia se isso era bom ou ruim. Olhou pro pequeno com uma certa saudade. Como se naquele dia estivesse dando boas-vindas a uma nova angústia de causa ainda não compreendida por completo.

Quero Quero

Elias virou-se na cama devagar procurando por Rita. Pra sua frustração, a sua mulher já tinha saído. Aquele era o seu esperado dia de folga, mas infelizmente não coincidia com nada. Nenhum amigo pra jogar bola. Todo mundo trabalhando. Quadra da escola fechada. Talvez passar no mercado só pra tirar uma onda com a cara da Rita. Ela ficava puta, e isso o divertia imensamente. Uma tirania de vez em quando não pega nada. Bem, ainda eram nove da manhã. Tomaria seu tempo pra pensar no que fazer. Levantou, foi até o banheiro, barbeou-se. Quando atravessava a cozinha, ligou o rádio e deixou o samba rolando baixinho. Sapateou ao som de Almir Guineto. Rodopiou. Com elegância. Estavam saindo muito pouco, pensou. Precisava conciliar seus horários com os de Rita, mas estava ficando cada vez mais difícil. Nos fins de semana, era quando mais trabalhava e justamente quando Rita folgava. Se bem que, agora, tinha pegado umas horas extras que era pra juntar dinheiro e irem com o povo na Festa de Iemanjá, em fevereiro. Aproveitariam e pediriam a casa emprestada de uma amiga, lá em Praia Grande. Passariam o fim de semana todo. Esperavam por isso ansiosamente. Faltava pouco tempo. A viagem era mais aguardada do que o próprio Natal e quase do que o próprio Carnaval. Rita falou que ia passar óleo de coco que uma baiana fazia. Voltaria negra, e a cor teria que durar até o desfile. Queria sair maravilhosa na escola. Rainha de bateria. Cada vez que ela falava isso, Elias ria pra si "Pra que óleo se já é preta?!".

Saiu com a careca brilhando na pequena rua, que já estava animada e cheia de pó suspenso. Cumprimentou um, cumprimentou dois. Seguiu confiante com o seu sorriso. Parou na banca de jornal, que também era banca de bicho, e comprou um diário de esportes. Depois foi com ele até a padaria. Pediu um pingado e um pão com manteiga.

– Tira o miolo fazendo um favor.

– Xá comigo, meu chapa.

Tomou dois pingados e comeu dois pães na chapa. Estava pronto pra pedir um café preto quando uma pancada incômoda em suas costas foi seguida por uma saudação exacerbada.

– Fala, meu camarada! Firmeza?

– E aí, Quero Quero, voltando nas paradas?

– Só nas correrias, meu irmão. Só nas correrias.

– Deixa disso, Antônio. Acabou de sair e já tá pensando em voltar?

– Que acabou de sair? Já deu três meses...

– Tudo isso? E o que já anda aprontando na vila?

– Na vila, não. Só longe daqui, Elias. Longe daqui.

– Olha que esse mundo é pequeno. Um dia a gente encontra a paga.

– Agora você entrou no assunto que eu queria.

– Demorou. Qual é a bronca?

– Então. Preciso de um patrocínio. Tipo uns 120 reais.

– Vai me pagar como, filhote? Dinheiro de rolo eu não quero.

– Calma, meu querido. Para com isso. Tá me estranhando?

– Não, Antônio. Eu te conheço. Tua mãe terminou de me criar. Não vem me enrolar que eu te meto o braço, você sabe disso.

– Ah, quem gosta de passado é ferro de passar roupa e engomadinho da Paulista.

– Esqueceu do "eu não quero, eu não quero"?

– O que a gente não tem que aguentar por causa de uma micharia.

– Ahahahah. "Eu não quero, eu não quero". Rapaz. Tua mãe falava : "O que que tu qué menino? Tá me deixando louca. Qué pastel?" "Num qué" "Qué tubaina?" "Num qué."

– Só você pra lembrar dessas coisas.

– É meu amigo... ali nasceu o Quero Quero. O problema é que tu sempre qué o que não é seu.

– Podia ser...

– Como assim?

– O que é seu podia ser meu. O que é do cara ali podia ser seu. Qual a diferença de inverter as coisas? Qual o problema de, de vez em quando, atrapalhar a logística?

– Que logística?

– Cara, quando o inesperado acontece, cria alguns instantes de uma turbulência não mensurável, de caos.

Elias riu-se.

– Quem te ensinou a falar assim?

– Ah! Quando a gente fica sem o que fazer, tem a opção de ler muito, ver algumas aulas. Eu leio o que me agrada e depois aplico no meu cotidiano. E o meu cotidiano é daqui pra lá, e de lá pra cá. No "lá", eu leio. No "cá", eu arrebento.

– E o que é tu qué? – pergunta Elias imitando o sotaque nordestino da mãe de Quero Quero.

– Eu quero é abalar. Dessa vida eu já sei que não saio. Morrer jovem dá status. Dá fama. Mas isso não me interessa, não. Isso é coisa pra homem-bomba. Meu momento eu que faço. Quando eu crio aquele buraco, a desestrutura, aquilo é meu, entende? Eu fiz alguma coisa que fez a outra pessoa pensar. Eu deixei a minha marca nela, entende?! Eu faço homem de bem virar um bicho imprevisível. Eu suscito nele a raiva e a vingança. O ser político.

– Quero, você tá falando tão difícil que eu não tenho a certeza de estar entendendo.

– Tipo, quando eu levo uma bolsa, por exemplo. Vou fazer a pessoa refletir sobre o que realmente ela precisava dentro da bolsa. O que ela precisa? Naquele momento ela precisa ligar pra alguém, tá ligado? Precisa de um abraço. Precisa que alguém faça algo por ela. Pô. EU ACABEI DE FAZER ALGO POR ELA. Ela vai ligar pra alguém ao invés de ficar mandando torpedinho, sacou?

– Como se você fosse cheio de boa intenção.

– Não, não sou, mas eu estou aprendendo a VERBALIZAR. Sou tão santo quanto qualquer político gasto que aparece na televisão. Agora, eu ARGUMENTO. Eu dou a cara, não sou milho de ninguém. Agora, esses caras, não aguentam um dia de cadeia. Um cara que rouba 15 reais e espera três anos o julgamento preso... esse cara é macho. É macho.

– Será, então, que eu tenho que pensar que tudo isso que tá acontecendo, essa bandalheira toda no Senado É PRO MEU BEM?

– Ahahahah. É claro que é. Se não fosse, cadê você, ex-sindicalista, ex-funcionário de bordel de luxo? Cadê você protestando na rua? Você silenciou, negão! Apagaram sua chama. Nego 100% tá em extinção. Virou comida de gringo.

– Os tempos mudaram, Quero. Hoje eu tenho uma mulher que me toma tempo e responsabilidade.

– Desculpa. Quem é por nós? Deus? Ou será teu Oxalá? O sindicato? O teu político do ABC talvez? Eu que não faço a minha correria, não... sei!

– E você acha que a sua parte é essa levada

na qual você entrou? Isso não deixa de ser um esquemão. Esquemão Lado B, mas ainda esquemão, e pra piorar esses caras estão ligados com partido político, lavagem de dinheiro, igreja e o escambal.

– É o que reservaram pra mim, irmão. Alguém tem que fazer o serviço sujo. E parte da responsa é minha. Minha escolha. Na hora do vamos ver, homem vira bicho e come o outro pra matar a fome. Agora me empresta os 120 aí.

– Vai me pagar como e quando, Quero Quero?

– No final do mês.

– Que dia é hoje?

– Ah, sei lá!

– Viu! Vou te emprestar porra nenhuma. E se a Rita souber me mata vivo.

– Ué, já viu matar morto?

– Quer que todo mundo saiba que o Quero Quero é o Antônio das Lástimas?

– Meu, nem me fala uma coisa dessas. Queima o filme. Oh, mano, firmeza aí. E quer saber? Isso explica o meu destino. Com um sobrenome desses você queria que eu fosse o quê? Engenheiro? Já tava escrito, Negão. Não tinha jeito mesmo, não. Nosso nome já vem predestinado.

– Preciso da grana no dia 20.

– Fechado.

– Tá. Vamos lá em casa.

Elias deu o último gole no café já gelado que estava no balcão e saiu caminhando com Quero Quero, cumprimentando todo mundo, sorrindo e lembrando dos tempos de menino, do Roller Super Star, do Clube Aquático do Bosque. Do tempo de onde Quero Quero, de certa maneira, relutava em sair. Seu sorriso ainda tinha algo infantil. Algo que a vida e a morte ainda não tinham lhe tirado. Ficou adulto rápido demais. Na força. Na necessidade. Mas o sorriso ainda era desajeitado. Era sorriso de tempo de pelada, de folia na quadra, de sonho de ser jogador do Santos, de festa de quermesse da Igreja Santa Terezinha e de baile da vassoura. No fundo, Elias se perguntava como dar as costas pra alguém que tá no crime, mas que foi seu amigo de infância, comeu no mesmo prato. Como? As relações não se apagam. Relações não são líquidas. Algumas talvez. Algumas relações realmente escorrem, ralas ou caudalosas. Vão pelo bueiro. Se esvaem em lágrimas. Em lástimas. Ali estava seu irmão de criação, com uma felicidade infantil e diabólica. "Uma metade de mim". Um lado trêmulo, mole, vermelho. Bife de fígado.

Antes de chegarem no barraco de Rita, Quero Quero pediu pra que Elias lhe comprasse um churros do trailer que estava estacionado.

– Porra, churros, Quero Quero?

– É, pô! O cara só passa de quinta-feira. Não custa. Eu quero.

– Custa sim. 1 real e 50.

– Falô, mão de vaca. Eu te pago 121,50.

– Vou cobrar.

– Moço, coloca bastante doce de leite por cima.

– Cara de pau! Eu nem respondi sim.

Quero Quero saiu lambendo o churros igual a sorvete. Pras crianças que ficaram olhando, ele esnobou dando risada. Mudas, paralisadas elas seguiram o churros ambulante com os olhos cheios de remela. Elias riu-se da cena. Quantos Antônios existiam dentro daquele Quero Quero? E o pior... quantas Lástimas?

Elias viu as crianças correrem atrás do trailer que se afastava e anunciava o doce como fazem aqueles carros de Pamonha de Piracicaba: "Churros quentinhos". Infelizmente a molecada só corria pra subir na traseira do trailer. Dinheiro pra comprar não havia. Parque pra brincar também não tinha. O que havia ali no extremo sul da zona sul? Sangue negro no chão, com certeza. Sangue nordestino no chão, com certeza. Qual a finalidade de tudo isso, de acordar de manhã, de trabalhar das "8h às 18h", de achar que palavras de protesto num comício servem de alguma coisa? Elias carregava consigo um incômodo. Uma dor de dente que até aquele momento, aquele encontro com seu irmão de criação, estava tímida em algum canto. Mas agora... Será que Quero Quero tinha falado algo útil e ele nem tinha percebido? Como nos velhos tempos, ou melhor, como no início de seu tempo, Elias caminhou pelo bairro ao lado de Antônio das Lástimas, e tudo parecia ter voltado à época de infância. Apesar de gostosa, infância de pobre já é marcada. Criança pobre já traz a marca da preocupação no rosto.

Nasce enrugada. É engraçado isso, mas é verdade. Eles estavam ali, caminhando. Tiveram a mesma educação, a mesma criação e, no entanto, a vida os tinha distanciado. Por quê?

Compartilhar infância é bom. Mesmo a infância que foi ruim. Pra quem não conhece infância boa, a ruim não é tão má. Talvez isso seja misericórdia divina. A pensão alimentícia que Deus nos paga por sua ausência. Sim, esse é o significado de "misericórdia". A ignorância seria uma forma de misericórdia também? Tinha conversado muito sobre isso no sindicato. A realidade mostrava claramente que quem detinha um certo grau de conhecimento normalmente era infeliz, angustiado, inconformado, frustrado. Não existe revolução de um homem só. Enquanto o conhecimento não for de todos, sem exceção, todas as revoluções serão de um único homem. Um homem sem rosto nem identidade. Um homem líquido. Só mais um mito. Será que ele, Elias, teria se rendido? Estava morto como tinha dito seu amigo?

Olhou preocupado pra Quero Quero como um pai que ama o seu filho e sabe que ele vai morrer em breve. Ao fundo ouvia-se o som do trailer que continuava: "Churros, Churros quentinhos".

Roberta

Num bairro bacana. Num prédio moderno. Um confronto de classe. Um confronto de princípios. Um confronto pautado no peso do poder. Do abuso. Do prazer. Um teste de fé talvez. Uma prova de que algumas coisas podem se repetir tanto lá, quanto cá. Com quem tem muito e com quem tem um pouco menos. Um sentimento que contamina a alma. Que enfraquece. Que paralisa.

O diálogo que resumiria mais de um ano de escárnio prazeroso e absoluta certeza de impunidade foi o seguinte:

– O que eu poderia fazer pra...

– Não é o que você faz ou o que você poderia fazer. É você.

– Eu te incomodo tanto?

– Incômodo pra mim é outra coisa. Você não tem tamanha importância.

– Nossa!

– Nossa, o quê? Eu não tenho nada contra você. Isso se chama opinião, convicção. O resto é impressão sua. Mania de perseguição. Coisa de pobre. Mimimi. Desculpa. Alguém que tem 38 anos, trabalha desde os 15 e não tem carro é o quê? Olha, eu posso olhar fundo nos seus olhos e dizer: EU GOSTO DO SEU TRABALHO. Só acho que, se você está desconfortável, é hora de você sair.

– Por que você não me despede pura e simplesmente?

– Porque eu sei apreciar os bons prazeres que a vida oferece.

– Bom. Quero te dar os parabéns. Se a intenção é ofender e humilhar, você é muito competente no que faz. Você ganhou. Eu cansei.

– Demorou pra aceitar.

– Não. Eu sempre tive tanto trabalho que não me sobrava tempo pra conversas nos corredores.

– Quer sair, saia. Eu não vou te pagar nada.

– Mas são 16 anos...

– Vai reclamar na justiça se quiser. Presta atenção no que eu vou te falar: você vai sair daqui na miséria e, quando isso acontecer, eu quero ver se você tem tantos amigos quanto pensa ter. Sem a nossa instituição, você não é nada.

– Você está no meu país.

– As leis do teu país me protegem, ou melhor, as leis do teu país não têm valor dessa porta pra dentro. Quer reclamar, vai. Fica lá 10 anos mofando e gastando com advogado.

– O pior é que eu sei exatamente quando e por quem tudo isso está sendo articulado.

– Isso não é mais problema seu.

– Não. Agora ele é seu problema. Agora não tem mais ninguém pra encobrir a incompetência alheia. Só te digo uma coisa: incompetência e protecionismo têm prazo de validade. Já viu um filme que se chama "Eles matam, nós limpamos"? Então algumas pessoas passam, outras ficam.

– Não é o seu caso, querida. Você está fora. O seu prazo já venceu. 38 anos. A sua imagem não condiz mais com a da empresa e eu preciso de alguém jovem, com sangue novo, mais dinâmico e arrojado.

– Sem falsa modéstia eu sou considerada uma das melhores funcionárias de toda a empresa, mundialmente falando. Onde reside a minha falha? É ser mulher, é ser pobre, é ser brasileira?

– Ai, que drama. Você quer aplausos!

– Eu só quero que você reconheça que vem me boicotando, tornando a minha vida insuportável, me tornando assistente de uma pessoa que não consegue realizar nada sozinho e que, na verdade, entrou aqui por indicação sua.

– Eu nunca disse isso. Tenha um pouco de lucidez. Você é paranoica. Deve ser coisa da idade. Já ouviu falar em reposição hormonal? Aproveite agora que você vai ter mais tempo. Que foi? Tá me olhando feio por quê? Vai mandar alguém do seu bairro me bater? Me roubar?

– Meu bairro?

– Olha. Eu vou te dar um exemplo. Não tem

nada a ver com cor da pele, dinheiro nada disso. É uma questão de escolha e afinidade. Eu nunca contrataria por exemplo uma pessoa gorda. Alguém que não consegue administrar o próprio corpo pode me servir no quê?

– Eu não acredito que você esteja falando isso. Eu posso te dar uma lista de nomes competentes que colaboram conosco e que são pessoas gordas.

– E eu triplico essa lista com nomes de gordos enfadonhos, encostados. Olha, vamos terminar logo com isso. Sobrou uma garrafa de champagne do último evento que a gente fez e eu vou te dar pra você brindar a sua nova vida. Agora, o celular devolve pro administrativo.

– Mas ele não custa nada pra empresa!

– Roberta, o champagne que eu vou te dar é caro. E lembre-se: as pessoas se esquecerão de você. No fim, o que resta são as instituições. Elas sobrevivem. Mande os outros entrarem pra anunciarmos a sua saída, e já que você é tão elegante mostre a sua superioridade dando os parabéns pro seu substituto.

– Agora?

A porta se abriu, e a equipe entrou em silêncio como vacas em fila de matadouro.

O osso

E, de tudo, a dor maior é o silêncio dos amigos, e o choro falso da falsa culpa.

A vida continua pra todos e, num curto espaço de tempo, o incômodo da omissão dá lugar a um aumento de salário, o que comprova que todo osso tem o seu preço... e sempre um cachorro do lado pra abanar o rabo.

Jamilson

No começo fora mais por falta do que fazer. Os sprays apareceram, as paredes eram sujas mesmo e ele podia, de certa forma, fazer algo que não orar. Escrevia o seu nome: Jamilson. Depois, pra não dar bandeira, escrevia Jamil. Aos poucos as letras foram ficando mais rebuscadas, e a vila quase toda já começava a reparar na assinatura. Talvez fosse ali mais conhecido do que Juneca e Pessoinha, donos de todos os muros de São Paulo. Seria perseguido. Um herói incompreendido das periferias... quem sabe!. Incomodaria pacas. No mais, não sabia ao certo o sentido daquilo tudo. Começou depois a ficar meio distraído na escola. Ia para as últimas páginas do caderno e copiava desenhos japoneses de luta. Adorava as aulas de educação artística da professora Estelita.

Um dia a professora levou todo mundo pra uma excursão no Museu do Ipiranga. Na entrada, do lado de fora, tinha uns cartazes grandes de desenhos chamados "grafites". Jamilson não entrou no museu. Ficou lá fora olhando tudo aquilo e começou a achar que teria que voltar em todos os lugares que havia pichado e jogar cal em tudo. Vendo os grafites achou que o que tinha feito era muito pouco. O desafio era muito maior do que ele pensava. Era o traço, mas também o espaço público. A cidade era muito maior do que a vila. Quem era Jamil? Ninguém. Tinha agora que encontrar aquelas pessoas. Tinha que descobrir por onde andavam. O que faziam. Na saída, não se intimidou com a sua fuga da excursão e foi direto falar com a professora: a senhora pode perguntar pra mim?

Não souberam dar nenhuma informação. A professora, no entanto, vendo o seu interesse, se informou sobre um centro de formação onde tinham cursos pra crianças e jovens da periferia. Deu a Jamilson as coordenadas, e ele foi no local rapidinho.

Não era muito longe da sua casa. Vila Prudente. Só que de buzão ele demorava quase duas horas. O lugar parecia uma grande fábrica. Tinha pista de skate e uma molecada bem diferente da sua. Até a música que ouviam era diferente. Mas isso foi só na entrada. Era difícil estar num lugar onde nem todos se pareciam com ele. Não se vestiam como ele. Não falavam como ele. No fundo da fábrica, num galpão semiaberto, tinha um pessoal jogando basquete e ouvindo o rap do Capão. Ali ele respirou aliviado e não se sentiu tão diferente. Gostou de tudo o que viu e ninguém chegou nele pra tirar satisfação, marcar território ou qualquer coisa do tipo. Sentou numa mureta e ficou ao sol, pensando em tudo aquilo que estava vendo, nas pessoas passando, nos papos que rolavam. A galera, de aparência humilde, ou às vezes com visual agressivo, falava em cinema, teatro e oficinas culturais. Tudo muito estranho pra ele que agora, aos 18 anos, nunca tinha ido ao cinema nem teatro e não tinha a menor ideia do que era oficina cultural. Nunca tinha botado os pés na avenida Paulista. Pichava mesmo os conjuntos habitacionais, as carcaças dos carros desmontados e abandonados no bairro, e os muros que separavam o privado do público. Já tinha traçado um plano. Pra não pagar de ignorante, assim que chegasse na vila, iria ao bar do seu Luís e pediria o jornal do dia. Procuraria assuntos nesse sentido. Poderia também falar com o Elias já que ele frequentava festas da alta sociedade, mesmo que pela porta dos fundos. Sim, Elias poderia ajudá-lo. Na entrada da tal "fábrica", como passou a chamar o local, tinham vários folhetos, uma coisa que ele descobriu chamar-se panfleto e flyer. Pegou tudo e foi lendo no caminho de volta pra vila. Tinha folheto de show de rock, de uma tal de instalação não sei onde, de cursos de cavaquinho e por aí afora.

Voltou pra casa anestesiado. Muita informação pra um único dia. Sentou abilolado no campinho de futebol e começou a olhar a sua galera. O bairro onde estivera não era assim tão melhor do que o seu, mas ali só tinha o campinho e um monte de botecos. Notou a forma como as pessoas falavam umas com as outras gritando, de como o volume das vozes era alto. Olhou as roupas, viu a molecada jogando bola e o restante correndo no meio da poeira que as chinelas levantavam. Viu os cachorros remexendo o lixo em busca de comida e também viu homens vira-latas remexendo o mesmo lixo. Depois olhou aquele mundaréu de ligações clandestinas. Pensou que, se havia um dia de fazer qualquer tipo de "instalação" como estava escrito no papel, certamente seria muito diferente daquelas ali que estava vendo. Fios e fios, tênis e pipas presos neles. Era feio, mas até que não era horroroso. Depois olhou pros barracos. Viu que alguns eram feitos de pedaços de portas, de restos de construções. Coisas que os peões e os mestres de obras traziam pra casa depois de uma demolição ou reforma. Os mesmos pedreiros que moravam nos barracos. Os mesmos pedreiros que construíam prédios magníficos onde depois de prontos não poderiam nem passar na porta. Com o pai do Eudes foi assim. Trabalhou oito meses em uma construção na Giovanni Gronchi. Depois de pronto quis levar o Eudes pra ver e mostrar que o trabalho dele era importante. Vá lá... os seguranças, que também moram em bairros como os nossos, acharam que eles eram suspeitos. E eu me pergunto: suspeitos de quê? Iam roubar tijolo? Crachá? Não deixaram nem passar da entrada. O pai do Eudes explicou, e nada. Nesse dia o Eudes viu o pai dele chorar. O velho chegou no boteco do seu Luís e foi logo pedindo Adoniran Barbosa. Saudosa Maloca. Tinha uma parte da música que falava de dois caras olhando a destruição do lugar que eles moravam. Quando chegava nessa parte da música, o pai do Eudes se exaltava. Nesse dia encheu a cara de cachaça. Eu, Jamilson, fiquei triste pelo meu amigo, mas ele me disse : "Antes o meu pai encher a cara de cachaça do que encher a cara da minha mãe de tapa". O Eudes prometeu pra gente aqui no campinho que um dia ia vingar a humilhação do pai. É isso. Casas de restos de qualquer coisa. Casas de João de Barro. De muitos Joões, Josés. Passarinhos fora do ninho. Nativos e migrantes. Casas de palha. Tudo amontoado. Gente amontoada. Gaiolas de gente. Árvores quase não existem. Cada pedaço de nada é precioso. Tem que ser ocupado. Crianças barrigudas e sujas brotam. Clarisse, a menina de quem eu gostava na escola, já estava esperando o segundo. Um de cada pai, se bem que pai as crianças não chegaram a conhecer. O primeiro sumiu no mundo, e o segundo matou e foi morto. Clarisse agora era um pedaço de sopro que ia de um lado pro outro carregando os dois pequenos. Tinha pena de Clarisse. Jamilson não entendia direito porque pensava naquilo nem o que tinha acontecido nesse dia tão novo que lhe confundia os pensamentos. Será que é assim que a droga funciona? Talvez sim. Tinha escapado delas. Escorregado do Parque das Estatísticas Presumidas de jovens viciados em drogas. Alguém já recebeu o IBGE? Me apresenta.

Pensou nos desenhos e em todas as inscrições Jamil e Jamilson. Achou que tinha algo a fazer, mas não tinha conseguido estabelecer prioridades. Cultura. Arte. Não entendia direito o significado, mas percebeu que essas duas coisas acabavam de entrar na sua vida de forma perturbadora e irrevogável.

– Oh, joga a bola aí? – gritou o cara suado e barrigudo.

Jamilson pegou a bola parada no seu pé e chutou. Esse já era o primeiro passo.

Vitória

A porta abre, e ela entra. Hoje está sozinha. Pela primeira vez tem os cabelos soltos e fez algo neles. Espichou, não sei. Está com um vestido preto de bolas brancas. Sapatos pretos e uma bolsa vermelha. Colocou um grampo prendendo a franja. Mulher estranha essa. Sem o grampo teria ficado mais bonito. Concentrada numa revista, ela nem se dá conta da sua presença. Insiste em ignorá-lo. Ele, justamente ele, que deixava marcas por onde passava. Virava tudo. Metia terror em todos que atacava. Ela era uma sortuda e nem sabia. Mas que tanto essa mulher lê? Chegou mais perto. O vagão tava cheio mesmo. É. Além de tudo ela fica tomando espaço com a revista aberta. Não tá vendo que tá tudo cheio? Ela acha que o vagão é só dela, a espaçosa. Se ela encostar essa revista em mim. Dou nela aqui mesmo.

Virou a página. É uma revista que não dá pra entender nada. Parece que só fala mal de homem. Ela dá risada de vez em quando. Será que é sapatão?

Depois de três estações o metrô para, e a boiada sai agitada. Uma mulher grita e depois xinga um homem que faz cara de "não tô sabendo". Putz, metrô tá virando trem suburbano, ou sub-humano como diz o seu Luís do bar. Uma patifaria. Desbundou geral. O lance é o seguinte. No empurra-empurra o cara passou a mão na mina. Só que a mina é queixo duro e abriu o berreiro. Agora a porta fechou, e o cara não tem como sair. A casa caiu. Essa eu vou assistir de camarote. A mina fala, e o cara vai ficando vermelho. O safado passou a mão mesmo porque eu já vi ele fazendo isso com outras mulheres, que, mesmo vermelhas no rosto, iam se espremendo sem falar nada até não suportarem mais e descerem em qualquer lugar pra não cair no choro na frente de todo mundo. Hoje o malandro se deu mal. A mina é das bocadas. Fala mesmo. A outra, a vaca branca, para de ler a revista. Olha a cena. O cara vai ficando impaciente, mas não responde. Todo mundo olha pra ele. A pistola tá armada, e ele não tem nem como disfarçar. Otário. Otário e maleiro, que a porra da barraca tá armada. Pistoleiro do caralho. Se a mina fosse minha, ele já estava no mato com a boca cheia de formiga, atravessado com cabo de vassoura e minha bota esfregando a cara dele na lama. O metrô para. O cara empurra o pessoal parado na porta e faz o sinal de vai se fuder com a mão e chama a mina de vagabunda. Ela pega a revista da mão da vaca sentada e joga nele. Ele volta e cospe na cara dela. A vaca, então, que nada tinha a ver com a história, vira touro. Põe o braço no meio da porta do metrô. Força a abertura. O cara começa a andar rápido quase correndo. Ela dá um chute nas costas dele, e ele cai. As portas se abrem: "Atenção. Não impeçam o fechamento das portas". A outra mina que levou a passada de mão e o cuspe dá uns chutes que não pegam em nada. É só barraqueira mesmo. Talvez até rolasse um romance: "O maleiro e a barraqueira". O cara do metrô fica falando no microfone que é para não impedir o fechamento das portas que aquilo poderá causar atraso em todos os trens. Quem liga? Nem eu. A fita é cabulosa, coisa de filme. O cara levanta e empurra a vaca touro. Ela dá uma chapa no peito dele. A saia levanta, e dá pra ver que a calcinha é preta de renda. Aí ela enfia dois dedos nos olhos dele e dá uma joelhada na coxa dele. A outra mina puxa os cabelos. O povo desacredita. Os seguranças chegam. O metrô tá parado pois todo mundo forçou as portas pra ver. É uma catarse. Uma gozada globalizada. É o coletivo. As mulheres gritam no vagão. Estão vingadas.

Quantas delas o cara já não tinha sufocado? Vai saber. Alguns começam a falar que vão chegar atrasados e tal. Com certeza esses são os famosos puxa-sacos no trampo. Soltam as portas. O trem começa a andar. Estamos na estação Ana Rosa. O cara é dominado. E eu? Não sei como estou na plataforma. Ao lado da vaca touro e da barraqueira bocada. Sem saber ao certo o que fazer eu fico ali. Fudeu. E se os seguranças me reconhecerem? Como eu fui descer do trem e ficar do lado dessa vaca?

– Vocês, vêm comigo – disse um dos MIB - Homens de preto.

– Mas a moça, a vítima, ela voltou pro trem – disse a vaca touro.

– Eu passo um rádio e a gente pega ela no próximo vagão.

– E o moço aí?

– Ah, acho que ele desceu pra me ajudar.

– Foi? – pergunta o segurança

– (merda) Foi.

Subiram a escada rolante.

– Putz, a minha revista.

– Eu desço pra pegar.

– Obrigada – e sorriu.

Ele sorriu de volta e achou que seu sorriso foi de sardinha sociável. Aquele sorriso que ele odiava. Desceu. Pegou a revista. Aproveitou e leu o título. O outro trem chegou. Lá de baixo ele olhou pra ela. Oscilou. "Olha pra mim. Me enxerga, pô" .

– Tô atrasado. Tenho que ir. Amanhã te entrego a revista beleza? 8h30 no primeiro vagão da Praça da Árvore.

– Tá legal. Meu nome é Vitória.

– (já sei sua otária) Tá... – que nome daria? Sem saber o que dizer nem por que tinha feito aquilo, entrou no trem com um sorriso de sardinha, acenando com o braço, olhando pra ela pela porta de vidro.

Ele

Depois de perder a noite de sono só pensando nela e no que iria falar, ele simplesmente não conseguiu entrar no metrô. Não entrou nesse dia, mas foi sim no dia seguinte. Levava consigo a revista, bem feminista a revista. Tinha lido tudo, sabia dos assuntos. Teria, afinal, o que conversar com ela, que por sua vez chegou pontualmente, como sempre, previsível. Estava mais bonita do que o habitual. Seu coração disparou de um jeito que só acontecia quando ia fazer suas correrias ou encontrava Rita nas vielas do Canhão. A garganta secou. Teve vontade de correr até ela, pegá-la nos braços, beijar a cicatriz de seu rosto e pedir perdão.

Ela esperou, olhou pros lados. Ele ficou lá de cima da plataforma olhando-a. Tão pequena. Tão frágil. Frágil nada, que bem que essa vaca deu um coro lá no pintudão. Ela esperou uns três trens depois entrou. Levou consigo a respiração e as esperanças dele, que de sua parte não pudera ceder. O amor é a ruína de um homem. Tira a coragem. É igual a traficante que começa a usar a droga. Se acaba. O bom é aquele que só vende. Esse é o cara que vai se dar bem. Se fosse amar, teria que mudar. E é difícil mesmo ser bom. É difícil ser dois, e ele achava que se tivesse que amar teria que ser assim. Mas o amor não é pra qualquer um. O amor te coloca no seu lugar. Um lugar que você sabe que pode te mudar pra sempre, mas você vai, dando o primeiro passo, o segundo... E ele sabia que o lugar dele era outro. Tava na ponta de um cano. Tava no medo de algum inocente. O outro lado de si que busca um alvo. Eu sei a minha parte da história. Amor, não. O amor escorre. É sonho que vira pó. Pra quê? Melhor era olhar Rita mesmo. Ela já tinha dono, e isso fazia dela um amor impossível de se concretizar, portanto, eterno. Não representava nenhuma ameaça pro seu futuro promissor. Deu as costas pra a plataforma. Essa não é pra mim. O que é meu me espera. A morte me espera de um jeito ou de outro. Jogou a revista no lixo e saiu escondendo o rosto debaixo do boné.

Roberta

Após despedir-se cordialmente do seus amigos de trabalho e abrir a champagne que tinha ganhado, Roberta sentou-se no computador. Não sabia ao certo o que dizer, escrever. A verdade? A mentira e deixar as portas abertas pra um possível retorno? Que tal engravidar e foder com o panaca? Ele teria que pagar os cinco meses de licença. Não... vai que perde o bebê de nervoso?! Não, isso não. Melhor partir. Partir sem olhar pra trás. Levando consigo as melhores lembranças do que viveu, dos amigos que fez, de amigos que talvez não falassem mais com ela, agora que ela nada representava fora da instituição. Não teria mais cartão de visita. Que coisa pensar nisso agora... Levantou-se. Foi ao banheiro. Chorou escondido sentada em cima da privada. No caminho, sua estagiária lhe deu um abraço sincero. A faxineira, Maria, disse que se ela arrumasse outro trabalho era pra levá-la junto, que ela aprenderia francês e tudo. Que ela não queria ficar ali. A estagiária e a faxineira. Silêncio dos demais. Por elas, e talvez pelos parcos amigos que restariam, Roberta começou o seu texto:

Pois é. Mulher é complicada. Eu poderia simplesmente ter feito uma carta daquelas: Venho informar que a partir do dia tal estarei me desligando da empresa ... em busca de novos desafios...

Não dá. Mulher é complicada. E algumas mulheres, como eu, não gostam de enrolar os amigos com bláblábláa. E graças a Deus, a Dadá, aos caboclos e ao puro acaso, eu sou uma mulher repleta de amigos de todos os tipos, dengos e brabezas.

Ao longo desses dezesseis anos de empresa fui agraciada com mais um bocado deles. Dá uma vontade danada de escrever o nome de cada um, lembrar de alguma passagem, uma história, um jantar ou um perrengue.

Muito deles são como eu. Capacitados da inteligência e da cumplicidade "cidadânica" de não ser metido a besta e ter a consciência plena da situação do país ao qual pertencemos de forma crônica e voluntária.

Teimosos que somos, continuamos seguindo e resmungando. É claro que com um banho de mar ali e outro mais pra frente. O importante é não ser poser de nossa existência nem olhar tudo de longe com cara de samambaia. Nada contra a planta, mas acho que estamos todos mais pra Espada de São Jorge.

Agora aos 38, prestes a completar 39, penso nas boas lembranças da minha infância, da minha molequice – da fase punk de Cólera, Inocentes, Replicantes e Devotos de Nossa Senhora de Aparecida, à capoeira de Bimba e o rap do GOG. Dou uma parada pra recuperar as minhas referências, pros prazeres da vida simples de varrer a calçada. Eu não sou muito entendida, mas uma vez li que os judeus costumam dizer que de vez em quando, mesmo sendo rico e poderoso, um homem tem que ir à porta da sua casa e varrer a sua calçada. Bom, a gente sabe que eu tô longe de ser rica e poderosa, mas mesmo assim estou entendendo profundamente o que esse judeu quis dizer.

É claro que toda mudança causa aquele medo, aquela insônia e uma dor no estômago. Amigos, que sabem da minha fé nas coisas, estão me estranhando. Eu também estou me estranhando. Pode ser a idade? A mudança de hormônios? A apatia política?

Amizades não me deixarão. A vida já mostrou isso pra cada um de nós em algum momento, não é verdade? Por pior, ou melhor, que seja a situação, a gente sabe bem diferenciar o bom amigo daquele adulador.

Praqueles que eu talvez não veja nunca mais,

eu deixo aqui aquele Salve. Praqueles que eu verei menos, deixo aquele Salve. Praqueles que eu verei mais, até daqui a pouco.

Estarei aqui, à disposição e em alerta, com um chocolate quente, que é mesmo a minha bebida preferida, esperando uma visita. Aqui é um bairro paulistano chamado Ipiranga. Aqui um tal Conde José Vicente de Azevedo construiu hospitais, asilos, orfanatos e, pasmem, um abrigo para ex-escravos. Tudo isso enquanto o Rio Ypiranga desfilava sua independência. Hoje coitado, virou Córrego Ypiranga. Espero receber os amigos, jogar papo fora, falar mal e pretensiosamente dos políticos. O que é sempre um prazer.

Com a certeza de um trabalho bem feito, deixo o meu posto. Minha segunda casa. Tenho a certeza de que a empresa e o meu substituto continuarão sempre a acolher cada um de vocês.

E, então, eu me pergunto: me despeço? Será que dá pra me despedir de tantos lugares, de tantos bons papos, tantos projetos realizados com sucesso? Não dá!

Despedir, não. Agradecer. É isso. Essa não seria uma carta de despedida, mas de agradecimento. O título deveria ser "OBRIGADA, MEUS AMIGOS".

São Paulo, 10 de julho de 2005

Marina

Maria do Carmo nem se lembrava mais de como tudo começara. Quando deu por si já estava trabalhando na casa de dona Marina, rindo com as baboseiras e metidezas de Alice, vendo seu filho ser bem tratado e frequentando todos os lugares aonde Rodrigo ia. Clube, viagens pro Guarujá, restaurantes e por aí afora. O danado já se virava naquelas mesas com aquele monte de talheres. A bem da verdade, Do Carmo também não ficava muito atrás. Já havia aprendido muita coisa depois que decidira trocar de trabalho. Nem todo rico é besta. Dona Marina prestava muito mais do que algumas das mulheres lá da vila, nas quais a pobreza só tinha tido um efeito: as havia transformado em zumbis que viviam mendingando na rua, usando filho dos outros. Tinha uma até que dizia "tomar conta de criança". Assim que as mães davam as costas, ela pegava os pirralhos e ia pro farol. Uma vaca. Maria do Carmo estava aprendendo a ver que em tudo há exceções. Rodrigo, por exemplo, não tinha tudo o que queria nem quando queria. Às vezes quando ele fazia pirraça, dona Marina logo falava: "Tá pensando que tudo isso aqui é fruto de herança?" E era... "Isso aqui não é herança não, é fruto de muito trabalho." Mentira. Dona Marina era rica de berço. Se ela tinha tido pobre na família era de muito tempo atrás, pois Alice já lhe dissera que seus pais eram ricos e os avós também. Daí pra trás, já não sabia. Mas sobre algumas coisas não falava. Sobre os pais, por exemplo, era muito difícil dona Marina abrir a boca. Tinha cortado relações com eles desde que decidira se casar com o seu Rogério. Não gostavam dele. Os pais acharam que o casamento era puro interesse. O futuro mostrou que eles tinham razão, e dona Marina, com raiva do destino e do instinto certeiro dos pais, nunca deixou que vissem o neto. Apesar de tudo, era pessoa boa. Tipo: pode faltar pão, mas tu ganha um vestido da porra. Tem coisa que não precisa ter lógica. Os empregados da casa estão com ela há anos. Do motorista ao jardineiro. Ela sabe o nome de todas as esposas, filhos e às vezes até da sogra de cada um, quiçá do amante. De olho a gente fala que ela é uma perua, mas com o tempo percebemos que ela é assim... uma perua diferente. Ela veste o que quer e não está nem aí. Amarelo, verde e rosa. Tudo esvoaçante. O amante não é coisa melhor do que o marido, mas dona Marina é consciente disso. Hoje eu atendo todos os telefonemas dele. Lá daquele orelhão. Onde a história começou. Rodrigo e Artur se tornaram amigos, e no próximo ano dona Marina vai pôr ele em escola particular. Não na mesma escola de Rodrigo, pois ela disse que isso poderia confundir a identidade dele. Coisa que não entendi. De qualquer forma, já basta pôr ele em escola particular. De vez em quando, em certos fins de semana, ela deixa o Artur ir pra casa com a gente. Ele joga bola, solta pipa. Come arroz, feijão e jabá. Adora uma boa farinha também. Eu não levo sempre, mas ele vai bem umas quatro vezes por ano.

Hoje seu Rogério vai vir pro almoço, e a gente já fica aflito. Dona Marina nem liga. É como se ele simplesmente não existisse. A gente aqui tudo tem raiva dele.

Almoço na mesa Seu Rogério trouxe um amigo do trabalho. O Jorge, segurança, tinha certeza de que eles eram boiolas e tinham um caso, mas eu não sou muito atenta pra essas coisas não. Mesa pronta, nós todos à disposição. Silêncio total. Dona Marina sorrindo como se estivesse naquelas ocasiões em que "recebe" as amigas. Aprendi essa coisa de "receber", o que pra mim até então era só coisa de entrega e pagamento, ou então de receber o santo lá no terreiro. No meio dessa confusão de lembranças, o Rodrigo soltou a frase que eu, Maria do Carmo, tinha certeza, iria me pôr pra fora daquela casa:

– Mãe, tem farinha?

– O quê? – seu Rogério e o tal Rodolfo engasgaram – Que história é essa de farinha, Marina?

– Eu não sei.

– Como você não sabe?

"Meu Deus, o que eu faço? Como eu vou falar?", pensou Do Carmo. Seu Rogério continuou:

– Você fica em casa o dia inteiro, fazendo nada, e não sabe por que o seu filho come farinha?

– Eu como farinha na casa da Maria do Carmo.

– Quem é Maria do Carmo?

– Sou eu, seu Rogério – e me aproximei da mesa.

– Desde quando o meu filho vai pra casa de empregada?

Disse agressivo para Marina, ignorando Do Carmo.

– Que engraçado agora você perceber que às vezes o teu filho não fica em casa de final de semana! Ah não, peraí... é que raramente você fica em casa pra ver. Realmente quase me esqueço.

Enquanto Marina dava uma gargalhada cínica o tal Rodolfo levantou e foi embora. Jorge, o segurança, já estava na entrada da sala de jantar. Inventou trazer coisas que o carteiro havia deixado só pra ficar de espreita e proteger dona Marina. Nem precisou. Vendo que o bonitão, o tal Rodolfo, escapava, seu Rogério jogou o guardanapo na mesa, esbravejou alguma coisa e saiu correndo atrás do homem.

– Desculpe, dona Marina, não sei nem o que dizer.

– Desculpa, mãe.

– Para com isso, gente. Alice, tem farinha em casa?

– Não, senhora.

– Então vai no mercado comprar um pacote e depois deixa aí pro menino.

– Dona Marina, desculpe... – disse Do Carmo

– Fala, Do Carmo.

– É que farinha de mercado não é boa.

– Então vai trazer de onde?

– Do Largo da Concórdia, patroa. Lá tem da boa e eu vou no sábado. Pode deixar que eu trago.

– Então, minha filha, com perdão do trocadilho tosco, traga a farinha da Concórdia pra essa casa que a gente tá precisando.

Já na cozinha Maria do Carmo perguntou à Alice por que Dona Marina cobrou o "trocadinho".

– Sou honesta, viu, Alice. Sempre devolvo o troco.

Vitória

Jamilson estava empolgado com o seu novo projeto, com os seus novos amigos e com as oportunidades que estavam aparecendo. De vez em quando ainda passava na Igreja pra conversar com o Pastor Jair e rever o pessoal, mas, a bem da verdade, o seu tempo estava ficando escasso. Antes de entrar de cabeça no grafite, Jamilson tinha desenvolvido um projeto inusitado. Resolveu que só pichava locais que precisavam de restauração. Casa bonita, pintada, prédios históricos bem conservados eram poupados. Com isso, ele acreditava que a pessoa seria obrigada a pintar a casa e, como num efeito de bola de neve, a cidade ficaria mais interessante. Tinha visto um postal do Pelourinho e imaginava de vez em quando como seria sua área, com os barracos todos coloridos. Outro postal que lhe chamara a atenção tinha sido um da Grécia. Todas as casas brancas, sem prédios. Chegou a pensar em fazer "O Mutirão do Cal", mas com o tanto que chovia em São Paulo com certeza o "Omo total super branco" não iria durar muito tempo.

Novo projeto em mãos, português revisto pela professora de artes, Estelita. Hoje era um dia importante lá na Fábrica de Cultura. Novos candidatos e novos trabalhos seriam apresentados pra seleção. Quando Jamilson chegou, já tinha uma pessoa esperando.

– E aí, beleza?! – falou Jamilson

– Beleza.

– Não tem ninguém ainda?

– Tem, sim. Antes de mim, já tinha cinco pessoas. A mulher que estava aqui analisou a papelada de cada um e os levou lá pra dentro.

– Ah! Beleza.

– Olha ela aí de volta.

– Então mocinha? Demorei muito?

– Não, que nada!

– Eu sou a Odete. Qual o seu nome?

– Meu nome é Vitória.

– E o que você veio trazer pra gente, Vitória?

– Sou instrutora de capoeira.

– Ih! Já tivemos capoeira aqui e só deu em briga. Não é o tipo de trabalho que estamos procurando no momento. Queremos algo mais educativo.

– Odete, eu não sei quem passou por aqui, mas eu te peço pra me dar a oportunidade de te mostrar o que eu quero fazer e que sou uma boa profissional.

– Como, minha filha? A seleção é hoje...

– Olha, desculpa me intrometer, é que eu tava aqui do lado.

– Oi, Jamil. Pode falar. Trouxe seu projeto do grafite?

– Trouxe sim, dona Odete. Eu só queria dizer pra senhora dar uma chance aí pra moça. Eu nunca vi uma mulher dando aula de capoeira antes. Pode ser diferente...

– Não é uma questão de gênero, Jamil. O caso aqui é a proposta.

– Posso pedir uma coisa? – falou Vitória.

– Pode.

– Me deixa fazer uma apresentação aqui. Eu trago meus alunos, faço uma palestra para os pais.

– Posso dar uma olhada no trabalho escrito?

– Claro!

Olharam os três. Jamilson sentou-se ao lado de Odete e Vitória foi explicando página por página. Tinha desde a história da escravidão no Brasil, noções de geografia, musicalidade, expressão corporal e a cereja do bolo, que abriu o apetite de dona Odete.

– O que são essas fotos?

– As meninas são da Febem. Faço um trabalho lá. Já as crianças são da AACD, e o trabalho foca mais a questão da coordenação motora e da musicalidade.

– Menina, você tá me conquistando. Mas e pra essa comunidade? O que você acrescentaria nessa comunidade?

Nessa altura, a fila já contava com mais três pessoas. Todas de olho no projeto.

– A capoeira é luta de libertação. Eu quero trazer confiança, senso de equipe, autoestima e um pouco da história que nos foi negada em sala de aula.

– Aí, dona Odete, o negócio já é.

– Calma, Jamilson.

– Menina, o negócio é o seguinte. Minha avó me falava que, quando a gente nasce pobre, mulher e preta, a gente tem que correr atrás da vida. No meu caso, além dos três qualitativos mencionados, eu ainda sou gorda, míope, subintelectual, grevista e encalhada. Tá aí. Eu quero ver o que uma branquinha como você vai saber mostrar sobre negritude.

– Valeu!

– Excuse-me?!

– Liga não, Vitória. Ela tá frequentando aula de inglês.

– Obrigada, “dona” Odete – e virando-se pro o lado – Jamil, né?! Valeu pela defesa. Era meu mano era eu, como a gente diz na capoeira.

– Eu não disse que você tá dentro. Eu disse que eu quero ver primeiro – falou dona Odete, num desafio maroto.

– Legal, eu vou fazer alguns cartazes pra gente chamar o pessoal pra palestra e pra roda – disse Vitória.

– Eu posso te ajudar! Que tal uns grafites de capoeira?

– Nossa, ia ser o máximo. Você também podia fazer uns desenhos meio afros.

– Putz, aí eu vou te deixar na mão que eu não sou ligado nesses lances de macumba. Meu coração é de Cristo, sacou?

– Saquei. Tô vendo que eu tenho muita coisa pra falar aqui. Quando a gente acha que tá quente, é que tá frio. É sempre tudo ao contrário.

– Aqui nós não levantamos bandeira de religião, não – disse Odete preocupada.

– Tudo bem. A senhora não vai se arrepender.

– Poxa, do caralho ter capoeira aqui.

– Crente fala “caralho”? – retrucou Odete e sem esperar resposta de Jamilson – Tá bom, garota. Eu vou te encaixar como apresentação surpresa da festa que vai ter sábado. Você vai ter quarenta minutos. Palestra mais apresentação.

– Bacana! Jamil, anota aí meu telefone.

– Valeu. Posso ligar a cobrar, Vitória?

– Pode. Boa sorte aí na sua apresentação e, olhando pro outro grupo que esperava: Falou rapaziada do samba, sorte pra vocês também.

– Falou! A gente aparece aí no sábado.

– É isso aí. Vamos botar dendê nisso aqui – despediu-se Vitória sorridente.

– Pena que ela é macumbeira, né, dona Odete?! – Disse Jamilson.

– Pega leve, Jamil. Vamos lá, deixa eu ver o que você me trouxe.

Herculano

Fazia uma cara que não ia mais ao metrô. Também fazer o quê? Falar o quê? Desde o último encontro ele começou a comprar a revista que ela lia. Dessa maneira achava que de alguma forma estava próximo dela. Nas últimas correrias que fizera com o Quero, nem chegou a sentir prazer como antes. Num lance que tiveram com umas putas e uns travecos também. Não sentiu nada. Preferia ficar do lado de fora, tomando umas biritas, achando tudo muito estranho. Isso não o impedia de ainda esperar Rita passar na rua quando ela voltava do mercado. Ela era tão linda, tão serena, tinha um andar tão confiante, uma altivez. O perfume era de alfazema. O mesmo cheiro do Centro de Umbanda.

Um dia com saudades dela, e também pra esquecer da vaca branca (mentira, queria escutar que ia encontrá-la de novo), inventou pro Quero que eles tinham que ir falar com o preto-velho pra saber se a correria daria certo. Tipo fazer um lance pra fechar o corpo. Foram.

Ao ser questionada sobre o assunto, a entidade deu uma cachimbada. Olhou fundo e não respondeu. Eles esperaram, ficaram sem graça. O Quero puxou o cano pra entidade, mas recolheu logo com medo do Elias que tava de Ogã nessa noite. Rita tava incorporada lá no fundo do terreiro.

– Boa noite, meu filho. Salve suas forças.

– Boa noite. Salve.

– Qual é a vossa graça?

– Meu nome é Herculano, mas todo mundo me chama de Hércules.

– Uhhh. Eu sô a Vovó Catarina. Eu posso ajudar vosmicê em alguma coisa?

– Na verdade ... na verdade...

Nesse momento uma outra médium caiu no chão se contorcendo toda. Vovó Catarina, no corpo de Rita, encaminhou-se até a moça e começou a jogar água com arruda enquanto o preto-velho dava umas baforadas e jogava pó de café, segurando um terço na mão. Elias puxou o canto e Herculano sentiu todo o seu corpo se arrepiar. Do nada lembrou-se de Ivone, a negra que trabalhava ou morava, sei lá, com a Vitória. O ar tinha um cheiro de alecrim e arruda, um odor adocicado e pesado, uma fumaça envolvia o ambiente que era iluminado por uma luz muito fraca.

Herculano viu quando Elias deu o sinal para um outro Ogã continuar. Saindo de seu lugar, puxou o Quero pelo braço. Levou ele lá pro fundo e nitidamente discutiram. Herculano ficou ali sentado num banquinho de madeira pintada, vendo umas luzes estranhas, meio tonto. Tinha vontade de chorar, mas não sabia a razão. Os últimos crimes vinham à mente, os rostos amedrontados, o sangue, o cheiro de sangue, a excitação toda. O cheiro de alfazema voltou pra perto dele, pelos babados e pelas rendas da saia de Rita. Vovó cantava pra ele naquela noite:

> Lá vem vovó descendo a ladeira com sua sacola,
> é com seu patuá é com sua mironga,
> ela vem de Angola,
> Eu quero ver vovó, eu quero ver,
> eu quero ver se filho de santo tem querer!
>
> Vovó eh pisa no congá,
> passa a mão na pemba
> não deixa filho tombar
> Saravá!

– Discurpa, fio. Pode falar agora. O que trouxe vosmicê aqui?

– Não sei.

– Quer tomar um passe?

– Quero.

Enquanto Hércules fechava os olhos diante de Vovó Catarina, Quero Quero atravessou o salão com fúria nos olhos. Elias saiu de trás do altar. Colocou as mãos sobre o atabaque. Baixou a cabeça pensativo, como se pedisse perdão ou permissão pra alguma coisa. Sua voz puxou o ponto, e a assistência respondeu.

Vovó Catarina espalmou a mão no peito de Hércules como se dali quisesse tirar toda a opressão, a insegurança e o ódio. Foi isso o que ele pensou e, no fundo desejou realmente que Rita tirasse o seu coração dali, trocasse por outro que não a desejasse. Que lhe desse a chance de ser amado uma única vez na vida. Que o tornasse um homem bom. Nada de ser fio desencapado. Que tirasse dele o desejo de esfaquear, de cobiçar o que não lhe pertencia. Tirasse dele o seu pior defeito: a inveja.

Enquanto isso na assistência:

– Nossa! Quem é aquele homem?

– É o Elias, dona Marina! Ele é um dos ogãs mais velhos aqui da casa.

– Que tipão, hein, Do Carmo? Fiquei toda arrepiada quando ele começou a cantar pra gente.

– Ele não canta pra gente não, dona Marina. Ele canta pros espíritos. Aquela negra ali de branco é a mulher dele, a Rita, minha melhor amiga.

– Ahhh! – Exclamou Marina, não conseguindo esconder o ar de decepção.

– Ele trabalha num buffet de festa. Falam que é dos bons. Se a senhora quiser o contato, eu arrumo com ele ou com a Rita.

– Pode ser – respondeu Marina meio desinteressada.

– Daqui a pouco vão chamar a ficha da senhora. Entra tranquila. Centro não é nada do que o povo fala não, viu. Aqui o negócio é sério. Lembra do que o Pai Walter falou quando a gira abriu: quem veio aqui pra desejar o mal a outrem ou pedir algo que não lhe pertença, por favor, queira retirar-se ou aproveite a oportunidade pra orar por perdão. É assim.

– Eu entendi, Do Carmo. É só que eu não estou acostumada com essas coisas. Dá medo. Agora pouco mesmo, aquela mulher rolando no chão.

– Aquilo? Aquilo foi energia ruim dos outros que ela canalizou. Deve até ser do menino que tá tomando passe com a Rita, o Herculano, mas isso eu não posso afirmar assim de pronto. Mas ele é terrível né?! Todo mundo sabe. A mulher que caiu é chamada de ponteiro. Fica a noite inteira só fazendo isso mesmo.

– Ela vem aqui toda semana pra receber

energia ruim e cair no chão rosnando?

– É mais ou menos isso.

– Então ela deve ser uma pessoa muito especial.

– Ela é.

De perto das cortinas amarradas chamaram: ficha 17.

– É a senhora.

– Vem comigo?

– Fica calma. A Verinha é a cambone, um tipo de ajudante, ela vai ficar do seu lado o tempo inteiro.

– E vai ouvir tudo que eu perguntar?

Um segundo chamado: ficha 17

– E Deus não ouve até os nossos pensamentos?

– Mas ela não é Deus, né, Do Carmo!

A voz soou no salão: ficha 18. Do Carmo gritou: a 17 já tá indo!

Pastor Jair

Disseram à Estela onde o sobrinho de Clementina morava. Ela bateu, mas não houve resposta. Disseram também que ele frequentava a Igreja. Estela achou que só havia uma e não pediu detalhes. Ficou depois a andar pelas ruelas descobrindo a quantidade de pequenas congregações espalhadas, e com os nomes mais incríveis que podia imaginar. Além de prestar atenção nesses detalhes, Estela viu o quanto um tal de Jamil era popular no bairro. O nome do rapaz estava em cada tábua, em cada muro. Cansada de procurar e ser observada por todos que passavam, ela parou num bar pra comprar água e informação.

– Moço, me dá uma água?

– Da torneira ou garrafinha?

– Garrafinha.

– 1 real e cinquenta.

– Tá aqui. Vem cá, o senhor saberia me informar

onde mora o sobrinho de dona Clementina?

– Você conheceu a Clementina?

– Ela trabalhava pra mim.

– Ah, aonde a senhora mora mesmo?

– Eu não falei onde moro. É em Moema.

– Só conferindo, dona. E tá atrás do menino por quê?

– Eu tenho uns assuntos pra tratar com ele.

– Então deixa seu telefone que a gente entrega.

– Mas acontece que ele só me conhece de nome, isso se já não se esqueceu. Tem mais de ano.

– Olha, dona, central de achados e perdidos de favela é boteco. Se a senhora quiser, deixa aqui tudo bem, senão, se vira.

– Será que o senhor pode, pelo menos, me dizer em qual igreja ele costuma ir?

– Ah, a mocinha também sabe disso?

– Sei. Pode me responder "isso"?

– É aquela ali, bem de frente, mas o culto é só daqui a duas horas.

– Você sabe onde é a casa do padre?

– Padre não, minha filha, que a paróquia mais próxima daqui tá a meia hora de ônibus. Aqui o negócio é com pastor.

– Tudo bem, qual o nome do pastor?

– Jair. Aquele mesmo ali no cartaz de vereador.

Estela engasgou com a água.

– Algum problema, moça?

– Não, mas acho que volto numa outra hora.

– Ah, mas a senhora deu sorte, olha o pastor vindo aí! Pastor Jair, pastor Jair, por gentileza!

– Bom dia, seu Luís.

– Bom dia. Olha, essa moça aí tá querendo falar com o senhor sobre o Jamilson.

– Bom d... – a frase ficou interrompida e a mão estendida no ar – Oi, Ruti.

– Tudo bom, Romualdo.

– Romualdo? – seu Luís coçou a cabeça.

Engrossando a voz o pastor continuou.

– Vamos, minha filha, eu tenho que pegar umas coisas na igreja. Vem comigo.

Estela levantou-se recomposta, agradeceu seu Luís a contragosto e acompanhou o pastor a alguns passos de distância.

– O que você tá fazendo aqui?

– Eu é que pergunto – respondeu Estela – e que estória é essa de "Pastor Jair"?

– E desde quando eu tenho que dar satisfação pra p... você? – Jair se arrependeu assim que pronunciou a palavra. Olhou pra cima e pediu perdão.

– Ué! Romualdo Pezão! Aquele que fode sem perdão!

– Para com isso, Ruti, isso faz parte do passado.

– Bem que dava pro seu slogan de vereador.

Olha, já é bom você saber que o meu nome é Estela. Ruti era nome de trabalho.

– E o meu é Jair.

– Quer dizer que você me pagava com o dinheiro dos pobres coitados?

– Não. Era com dinheiro de política.

– Não deixa de pertencer a outros pobres coitados.

– Deixa de falação. Ninguém aqui é pobre nem coitado. E eu mudei, sério. Quem tem Deus no coração é o mais rico dos homens.

– Tá legal. Olha, eu vim até aqui procurar o sobrinho da Clementina.

– Você conhecia a Clementina?

– Ela trabalhava pra mim.

– Nossa! Que mundo pequeno. Ela realmente falava no seu nome e eu não podia imaginar que era você. Sempre te conheci como Ruti.

Vendo que Clementina falava sobre ela na comunidade, Estela não conseguiu conter uma lágrima tímida que caiu assim, sem pedir licença.

– Ah. E o que ela falava?

– Falava que queria o seu bem. Que rezava pro seu bem.

– Eu tenho uma dívida com ela, Romualdo.

– Pastor Jair.

– Eu preciso encontrar o sobrinho dela.

– Ele anda meio sumido. Se envolveu com um pessoal que não é da igreja.

– O que você quer dizer?

– Não, nada grave. O menino é boa gente e recebeu boa instrução aqui da igreja. Não vai se perder. É fase de adolescente. Daqui a pouco ele volta.

– Onde eu posso encontrá-lo?

– Num tal de Galpão, Fábrica, uma coisa assim. Fica na Vila Prudente, mas eu não sei direito onde.

– Eu não vou até lá. Vamos fazer o seguinte. Deixo o meu telefone e, quando você encontrá-lo, entrega.

O Pastor Jair saiu até a porta da igreja.

– Tá vendo ali do lado da minha foto?

– O que é que tem?

– Aquele cartaz com aquela pichação.

– É grafite.

– Tá. O cartaz com o grafite e a pichação que tem no poste onde ele tá colado são obra do menino.

Estela desceu os três degraus da igreja e foi ver de perto:

"Sábado Cultural na Fábrica..." O lamb-lambe continuava descrevendo as atrações. No rodapé tinha o endereço.

– Ele vai estar aí, com certeza.

– Mas é na Vila Prudente! Olha não imaginava que ele mexia com essas coisas. Eu pensava que ele era um menino bem diferente.

– Daqui a pouco ele ouve o chamado de Cristo e volta a ser um garoto de Deus. Essa fase de descobertas é normal. A escolha tem que ser livre, vir do coração. E você, Estela? Está pronta pra receber Cristo?

Paulo de Ogun

A consulta de Sidão com Paulo de Ogum já estava marcada há tempos. Sidão teve inclusive a autorização de Pai Walter para isso. Dois caciques dos grandes e determinantes na formação espiritual de Sidão. A coisa toda foi rápida.

– É hora de assumir quem você é, meu filho.

– Como assim?

– A vida esfrega a gente. A vida brinca. Ela é moleca. Ela vai empurrando a gente pra um canto. Pra outro. Ela sorri.

– Eu vim pra saber sobre o próximo samba-enredo da Barracuda. Pensei em fazer algo que fale do nordeste em São Paulo, mas o patrocínio tá difícil. Vou ter que arrumar um assunto que traga dinheiro. A gente tem que sair do segundo grupo.

– Por que esse desespero em estar na frente de tudo? A verdade tá na sua frente. O tema tá aí. Mas, se não fizer direito, vão te cobrar. Por exemplo, não

vai poder ter mulher pelada no desfile.
– Como não? Isso é muito importante. E eu não vim aqui pra falar do desfile. Eu vim aqui pra falar do samba-enredo.
– Uma coisa puxa a outra. Nada de mulher pelada. Tô avisando. Ou melhor, estão te avisando. E tem mais, o teu povo por cima. Convidado é convidado.
– Não entendi.
– Não deixe te usarem.
– Mas também uso os convidados. Dependo deles. É uma troca. Dá visibilidade. Mídia.
– É uma troca justa? Eu te digo: a negrada na frente.
– Olha. A periferia mudou. Não é só preto.
– É modo de falar. O Negro não é só pele. É o espírito. É a ancestralidade. É o coletivo que você representa. Vem cá, meu filho, você é da Umbanda ou do Candomblé? Tá fazendo o que aqui se o teu pai é o Walter?
– Ele disse que eu podia vir.
– É... se ele te contasse você não ia acreditar. Deixou a coisa pra mim.
– Contar o quê?
– Que o tema do teu samba pro ano que vem é A Umbanda Sagrada.
– O quê? Tá maluco?
– Olha o respeito. Não tô sozinho e nem umbandista eu sou.

– Isso é maluquice – repetiu Sidão, suando, suando, suando. Secando com seu lenço branco as gotas que brotavam no pescoço gordo, cheio de manchas – Vou ficar sem patrocinadores e integrantes da escola. Quem não for de Umbanda não vai querer.
– O recado tá dado. Esse é o enredo e ponto. Não tem lelê nem lalá.
– Oxalá, meu pai!
– Mas ninguém precisa saber assim, descarado. É só jogar com a ironia, camará. Malevolência, mandinga. Faz que vai, mas não vai.
– O Elias sabe?
– De hoje que ele sabe!
– Não me falou nada.
– Você ia esbravejar, contestar, exatamente como está fazendo agora
– E se neguinho incorporar em plena avenida?
– Vão pensar que é só mais um passo de samba, de tiririca, coisa de negro. A tal da mis en scène.

Ana Cristina

Hoje, como nos últimos tempos, acordei, olhei para o lado e me esforcei para dormir mais. Mais difícil que pensar no aborto. Mais difícil que a partida do meu pai. Mais difícil que conquistar o amor da minha mãe. Mais difícil que o ódio e a prepotência do meu último chefe. Eu, Ana Cristina, dona desse diário, escrevendo pra não enlouquecer. Ou, pelo menos, escrevendo pra alguém que o encontre entender a minha loucura.

Bibliotecária. Solteira. Sem filhos. Dois gatos. Sem carro. Sem casa própria. Sem irmãos. Loira nos últimos 30 anos. Sem plásticas, ainda.

Vivo esperando que o tempo passe, que o telefone toque, que alguém me salve, que eu ganhe na mega-sena sem jogar. É muita coisa, eu sei, mas mulher nasce sem saber relevar suas vontades, é uma sina. Pelo menos, essa é a minha.

Nos últimos tempos, seis anos de um amor

faminto. De um amor honesto. Amor e honestidade combinam? Bem. Eu assim amava e amo o homem com quem convivi seis anos da minha vida. O homem que me fez perder o medo e a desconfiança de pronunciar "eu amo você". Boca cheia: "EU AMO VOCÊ". Convicção. Extravagância urgente do meu bem querer.

Hoje, longe, eu poderia dizer que passados dois meses, ainda te amo, ainda te procuro na cama ao acordar, ainda ouço o seu sorriso. Nítido. Sonoro. Razão do meu despertar.

Alguns dizem que é posse. Outros, que eu sou egocêntrica. Outros ainda, que perdi o amor próprio. No fundo, acho que tem um pouco de egoísmo nisso. "Como assim, o meu amor não foi o suficiente?", a gente se engana. É só que você não estava mais me amando. É sim, tem uma diferença em amar alguém e estar amando essa pessoa. Você me ama, mas já não estava mais me amando.

Um homem. É como um suspiro no breu. O corpo acorda. A alma desperta, só que desperta no chacoalhão. Homem é diferente. É desligar o botão. Nenhuma lágrima. Nenhuma lástima. Nenhum remorso. É um andar pra frente que impressiona. Que oprime até. Isso é culpa da brecha. É porque homem não fala NÃO, é sempre talvez. Vou ali e já volto. Se der errado, eu volto. Se der certo, mando um postal. NÃO é NÃO, e não TALVEZ. A boca diz TALVEZ, as atitudes dizem NÃO QUERO MAIS, ACABOU. Simples assim. Difícil de aceitar sem se debater igual a barata em contato com inseticida. A gente fica ali olhando, sem ação, testemunha da força desse inseto.

Você me ensinou a te amar, a te desejar, mas não a te esquecer, assim de vez, perdendo tudo, até o rumo. E eu pronta pra ter o filho que você tanto me pediu. Mas é verdade, tarde demais, quando já não tinha mais chance de dar certo. Agora tenho que matar o filho, matar o sonho, a cena do casamento, do futuro no banquinho de praça vendo a vida passar. Tenho que ir desconstruindo tudo, desconstruindo o mito da felicidade, solucionando o mecanismo da dor. Foi-se.

Pronta pra deixar a cidade que tanto amo e os meus amigos, mas só quando eu vi que ia te perder. Mas não vi que já tinha perdido. Não arrisquei. Não fui criada pra arriscar. Infância pobre marca. Você não quer arriscar o pouco que tem. E, no entanto, quando olho ao meu redor agora, o que tenho me parece medíocre.

É só pra você saber que, no dia em que te disse que não te queria mais, foi o dia em que eu mais te quis e apostei que eu precisava me afastar pra te amar direito. Pra me amar direito. Não consigo saber ainda se isso foi finalmente arriscar ou, se mais uma vez, me acovardei na minha prepotência, na minha desculpinha de pobreza, de não abrir mão das "minhas coisas" , minhas convicções, ser feliz.

Eu amo você e, por isso, me afastei. Eu me amo também, então quero te reconquistar pra me ter de volta. Amando você de longe. Deixando aqui registrado que, quando te deixei, foi quando eu mais te amei, repito. Eu não suportava dentro do meu corpo aquele amor todo. Ele é grande. E eu sou miúda. Ele me deixa, assim, na cama. Esperando o tempo. É o pensamento que vai na frente. O corpo é pesado, chega com atraso nas coisas. Já chega com inconveniência e não gosta de ser liderado pelos caprichos das dores de cabeça.

Fico aqui, presa nos meus desejos e também na minha raiva, que é uma forma boa de gritar: EU TE ODEIO PORQUE TE AMO. EU ME ODEIO PORQUE TE AMO. ESSE AMOR ERA MEU POR DIREITO, POR USO CAPIÃO. E aí estou envelhecendo. MATURIDADE É A PORRA. Sou difícil de engolir. Deito no sofá e vejo na televisão qualquer coisa.

Agora pra mim resta uma nova plantação. Recolher mentalmente cada lembrança, cada esperança. Colocar tudo numa caixa com terra e esquecer num canto. Caixão de canteiro. Ver se dali brota ainda alguma semente, ou se definitivamente está enterrada a minha semba.

Enquanto isso, fecho a cortina. Olho o sol iluminando o jardim que você plantou em frente de casa. Sei que preciso trabalhar pra ganhar dinheiro já que não jogo na mega-sena, e não sou herdeira de ninguém. Mas, por enquanto é difícil. Não consigo me concentrar. O corpo pede cama. A mente pede descanso. E você... foi-se. E levou consigo muito mais que eu posso dar pra mim mesma. E você nem sabe.

Dor e amor formam uma via de mão dupla. Não tem retorno, não tem atalho.

Eu vou sem destino. Talvez buscar a dona Felicidade e tudo aquilo que dessa vida ela me tirou. Finjo estar bem. Não quero incomodar os amigos. Acho uma falta de educação ficar impondo a sua tristeza aos outros. Finjo viver e acho que esse é o fingimento mais difícil de todos. Finjo ter raiva de você até o dia que talvez essa raiva chegue mesmo e possa me salvar da minha saudade, do pó em que me transformei. Do pó que carrego nas solas dos meus sapatos caros. Pó das ruas do Canhão. Jardim da nossa infância distante. Pó da minha solidão. Mas, no fundo, na minha verdade cotidiana é tudo tão sem graça, mas sei que agora você vive num mundo pavimentado, onde não existe pó.

O Sermão

"(...) Se já somos pó, qual a diferença existente entre vivos e mortos? Os vivos são o pó levantado pelo vento, os mortos são o pó caído. Adão, feito de pó, recebendo o vento do sopro divino torna-se vivo. Nas Escrituras, levantar é viver, cair é morrer. Assim, como distingue Davi, há o pó da morte e o pó da vida.

Ora, suposto que já somos pó, e não pode deixar de ser, pois Deus o disse, perguntar-me-eis e com muita razão, em que nos distinguimos logo os vivos dos mortos? Os mortos são pó, nós também somos pó: em que nos distinguimos uns dos outros? Distinguimo-nos os vivos dos mortos, assim como se distingue o pó do pó. Os vivos são pó levantado, os mortos são pó caído: os vivos são pó que anda, os mortos são pó que jaz. Estão essas praças no verão cobertas de pó; dá um pé-de-vento, levanta-se o pó no ar, e que faz? O que fazem os vivos, e muitos vivos. Não aquieta o pó, nem pode estar quedo: anda, corre, voa, entra por esta rua, sai por aquela; já vai adiante, já torna atrás; tudo enche, tudo cobre, tudo envolve, tudo perturba, tudo cega, tudo penetra, em tudo e por tudo se mete, sem aquietar, nem sossegar um momento, enquanto o vento dura. Acalmou o vento, cai o pó, e onde o vento parou, ali fica, ou dentro de casa, ou na rua, ou em cima de um telhado, ou no mar, ou no rio, ou no monte, ou na campanha. Não é assim? Assim é. E que pó, e que vento é este? O pó somos nós. O vento é a nossa vida (Jó 7, 7). Deu o vento, levantou-se o pó; parou o vento, caiu. Deu o vento, eis o pó levantado: esses são os vivos. Parou o vento, eis o pó caído: estes são os mortos. Os vivos pó, os mortos pó; os vivos pó levantado, os mortos pó caído; os vivos pó com vento, e por isso vãos; os mortos pó sem vento, e por isso sem vaidade. Esta é a distinção, e não há outra.

Nem cuide alguém que é isto metáfora ou comparação, senão realidade experimentada e certa. Forma Deus de pó aquela primeira estátua, que depois se chamou corpo de Adão. A figura era humana e muito primorosamente delineada, mas a substância ou a matéria não era mais que pó. A cabeça pó, o peito pó, os braços pó, os olhos, a boca, a língua, o coração, tudo pó. Chega-se pois

Deus à estátua, e que fez? Assoprou-a. E tanto que o vento do assopro deu no pó: eis o pó levantado e vivo; já é homem, já se chama Adão. Ah! pó, se aquietarás e pararás aí! Mas pó assoprado, e com vento, como havia de aquietar? Ei-lo abaixo, ei-lo acima, e tanto acima, e tanto abaixo, dando uma tão grande volta, e tantas voltas. Já senhor do universo, já escravo de si mesmo; já só, já acompanhado; já nu, já vestido; já coberto de folhas, já de peles; já tentado, já vencido; já homiziado, já desterrado; já pecador, já penitente, e para maior penitência, pai, chorando os filhos, lavrando a terra, recolhendo espinhos por frutos, suando, trabalhando, lidando, fatigando, com tantos vai-vens do gosto e da fortuna, sempre em uma roda viva. Assim andou levantado o pó enquanto durou o vento. O vento durou muito, porque naquele tempo eram mais largas as vidas, mas ao fim parou. E que lhe sucedeu no mesmo ponto a Adão? O que sucede ao pó. Assim como o vento o levantou, e o sustinha, tanto que o vento parou, caiu. Pó levantado, Adão vivo; pó caído, Adão morto. Este foi o primeiro pó, e o primeiro vivo, e o primeiro condenado à morte, e esta é a diferença que há de vivos a mortos, e de pó a pó. Por isso na Escritura o morrer se chama cair, e o viver levantar-se. O morrer cair. O viver, levantar-se. Se levantados, vivos; se caídos, mortos; mas ou caídos ou levantados, ou mortos, ou vivos, pó: os levantados pó da vida, os mortos pó da morte. Assim o entendeu e notou Davi, e esta é a distinção que fez quando disse: Levastes-me, Senhor, ao pó da morte. Não bastava dizer: mas disse com maior energia: ao pó da morte, porque há pó da morte, e pó da vida: os vivos, que andamos em pé, somos o pó da vida: os mortos, que jazem na sepultura, são o pó da morte.

O memento dos vivos; lembre-se o pó levantado que há de ser pó caído. O vento da vida e o vento da fortuna. A estátua de Nabucodonosor: o ouro, a prata, o bronze, o ferro, tudo se converte em pó de terra. Significado do nome de Adão. S. Agostinho e a glória de Roma. Roma, a caveira do mundo, ainda está sujeita a novas destruições. Salomão e o espelho do passado e do futuro.

À vista desta distinção tão verdadeira e deste desengano tão certo, que posso eu dizer ao nosso pó senão o que lhe diz a Igreja: Memento homo. Dois mementos hei de fazer hoje ao pó: um memento ao pó levantado, outro memento ao pó caído; um memento ao pó que somos, outro memento ao pó que havemos de ser; um memento ao pó que me ouve, outro memento ao pó que não pode ouvir. O primeiro será o memento dos vivos, o segundo o dos mortos (...)"

Padre Antônio Vieira – Trecho do Sermão da Quarta-Feira de Cinzas

Eunice

Eunice é assim. Faz tudo bem feito, rápido, com vigor. Já disseram que ela é assim por não ter religião. Eunice dá de ombros e continua a sua vida. Não é de ficar na calçada nem de dar ouvidos a conversa e a vida alheia. Por isso é olhada de canto de olho. É alvo das frustrações das mulheres e dos homens do bairro. Seu único amigo é Rosendo, ou melhor, Sheilá, com acento mesmo.

Mais ninguém ali sabe o nome de batismo. A amizade de ambos é mais um motivo de fofoca. Eunice vê Sheilá umas duas vezes por semana, pois os seus horários não batem. Sheilá trabalha durante o dia em um salão de beleza e à noite faz algumas apresentações entre o Arouche e a Santa Cecília. Personagens preferidos: Amália Rodrigues e Elza Soares. Os fãs de Sheilá são gays, e também senhoras na faixa dos 60 a 70 anos que moram no centro velho e até mesmo Higienópolis, o tal bairro higienizado. Adoram! Essas mulheres fazem doações que incrementam o guarda-roupa já farto de Sheilá. Boás, casacos, camafeus, brincos de pedraria, saiotes, perucas e até um Chanel ela já ganhou. Ao final do show, Sheilá sempre agradece e dá nome aos bois. As senhoras se levantam na plateia e recebem os aplausos de gratidão. Arraso!

Já Eunice não para. Trabalha em um salão de beleza. À noite atende em casa, por um preço muito mais baixo, mas atende. As mulheres do bairro não vão não. Algumas só por curiosidade, ou pra ver Sheilá de perto, quando ela está lá em visita. A maioria vem do bairro vizinho. Eunice tem boa clientela. Quando deixou a área pra trabalhar no centro, as suas clientes se mantiveram fiéis. Manicure e cabeleireiro, quando é bom, tem um séquito. É a mesma coisa com ginecologista e dentista. Quando o profissional é bom, não importa se saiu do convênio. A gente economiza e paga. Eunice é das boas. Vai a domicílio ou atende na sua casa. Aceita fiado e pagamento mensal. Precavida: as clientes assinam boleto. Tudo muito organizado. Às vezes, Eunice tem uma saudade imensa da vida no interior, em Ribeirão Preto. É assim que ela diz: "Tô com saudade da vida lá em Ribeirão!". Um fiapo d'água que escapa pelo canto do olho, mas Eunice corre tanto que nem tem tempo pra chorar. Quando lembra no final do dia que quis chorar, percebe que já é muito tarde e que, se perder tempo com lágrimas, vai perder uma noite de sono. Então ela adia o choro e sai levando a vida. Às vezes tem saudade da avó. Diz assim: "Tenho saudades de pedir a benção da minha avó!". Repete isso mentalmente antes de rezar o Pai Nosso na cama. Há anos não consegue terminar esse Pai Nosso. Dorme na metade. Já pensou em ir rezando por remendos, prestações, cada dia uma parte, até terminar. Deus lhe daria boleto? Um boleto talvez lhe desse a disciplina pra terminar a oração. Plano incompleto. Como tantos outros. E, assim, o Pai Nosso vai engatinhando. Como um dia o deve ter feito o menino Jesus.

Uma vez trabalhou em um salão. O patrão era um recalcado, mal-amado e totalmente persuadido de que tinha sangue azul. Coisa de colonizados. Demorou pra Eunice perceber isso. Um embate velado, o que é muito pior que inimigo declarado. Aos poucos, foi juntando um comentário aqui e outro ali e formou o quebra-cabeças medonho. Estavam fora da elite blue marine do patrão os gordos, os feios, os pretos, os nordestinos, aqueles que moravam na Leste, e os pobres de uma forma geral. Um dia Eunice, muito à vontade, deu sua opinião no meio de uma discussão acirrada entre o tal patrão e outra funcionária não menos arrogante. Manolo, o patrão, olhou pra ela e disse:

– Nunca mais me contradiga.

– Mas é só a minha opinião – soltou Eunice.

Aqui é preciso dizer que Eunice não é de se meter em conversa dos outros. A questão é que estavam falando justamente do bairro onde ela morava. De um novo shopping. O comentário era "como abrir um shopping onde só tem pobre?". Eunice soltou:

– Vejam o dono das Casas Bahia, enriqueceu dando crédito pra pobre. É um homem de visão, e é judeu.

Por que disse essa última palavra não sabia ao certo, mas achou melhor mostrar que tinha conhecimento a fundo da causa e da pessoa. Além do mais, não entendia a propriedade com a qual o patrão falava do seu bairro se nunca tirava os pés do gueto: Jardins. É importante dizer também que Eunice queria muito um dia ir pra Bahia, pois uma cliente tinha dito a ela que lá não tinha Casas Bahia não, que isso era "coisa de paulista". Então ela decidiu ver com os próprios olhos. Tipo... mais um Pai Nosso pra terminar.

Essa coisa de se apossar, engolir. Será que a elite é antropofágica? Não pense que Eunice não sabia o que era isso. Muito artista plástico faz as unhas, e a cada sessão Eunice aprendia um pouco, sobre arte, política. Aliás, fazer unha de artista plástica é um horror. Um tanto de tinta embaixo da unha, jornalista é a mesma coisa. Mas, enfim, talvez essa fosse a troca social mais direta e recorrente do Brasil: as conversas de manicure. Parelheiros, Guarapiranga, Jaraguá. Resto de gente índia. Bugres. Às vezes Eunice se sentia culpada. Esquina da Paulista com a Brigadeiro. Ali, quando não tinha índio, tinha cigano. Dos ciganos corria se recusando a estender a mão. Dos índios corria os olhos pra não ver a mão estendida pedindo esmola. "Imagine! Esmola, um índio." Era difícil pra Eunice. Na sua cabeça, tudo aqui pertencia a eles. Tinha vontade de tirar a roupa, a bolsa, tudo, entregar tudo e ainda dizer "obrigada". Obrigada.

Nada é meu. Não tenho nada. Sou nada. Sou Eunice de nada e obrigada.

Glória

Ao contrário de Eunice, Glória chorava por qualquer coisa e sempre encontrava um momento pra isso. Encontrava momento, tempo mesmo também não tinha muito não. Glória chorava em comício, comercial, novela, filme, casamento, batizado, separação, missa. Achava realmente que chorar era um ato sagrado. Era sentimento de gratidão. Sim, porque Glória não reclamava da vida, não reclamava de nada, não tinha saudade de nada. Glória, quando não chorava, sorria. E, mesmo quando chorava, sorria, coisa que, em vez de causar piedade, era motivo de graça, zombaria. Chorava um choro bem honesto e soltava lágrimas em abundância. Olha que o rosto não inchava. Nem o nariz, que já era largo, nem os olhos, que já eram meio cheinhos. Chorava e daqui a pouco se desatava a rir, e ninguém percebia que tinha chorado. Aliás, de tanto chorar, ninguém mais dava atenção ao choro.

Já não comovia, não impressionava. Era hábito adquirido.

Quem não sabia se encantava, e foi assim que Glória conheceu João, seu marido. Alma de pássaro em corpo bruto. João não sabia sequer sorrir, e muito menos chorar. Mal falava. Era homem do trabalho. Daqueles que querem construir família. Viu Glória no ponto de ônibus. As lágrimas caíam, contornavam as bochechas redondas, terminavam no canto da boca e eram comidas aos pouquinhos pela língua vermelha. João apiedou-se e, ao mesmo tempo, aquilo ferveu seu sangue. Sentiu um desejo tremendo, um desassossego por aquela mulher e imaginou-a soltando lágrimas envolta pelo gozo de uma noite com ele. Nus, quentes, suados, relegados ao prazer e às suas vontades.

João imaginou tudo e, como era homem alinhado da construção, botou as mãos na massa e também em Glória. Ela já tinha o terreno, que era herança de uma tia sem filhos. João tinha a vontade e o conhecimento. Juntaram tudo isso e num mutirão, em que não faltaram uma boa feijoada e um bom samba de roda, construíram os dois primeiros cômodos. Glória não conseguia entender como aqueles homens, debaixo de um sol forte, conseguiam comer aquele feijão quente. Feijão esse que não podia faltar. João não comia sem feijão.

Era macarrão com feijão, polenta com feijão e, até quando sobrava dinheiro e compravam pizza, o acompanhamento também era o pretinho.

Depois de três anos veio o primeiro filho. João deu o nome do pai, João de Beto. Glória achou estranho, mas seu marido fez questão do nome. É bom dizer também que não se casaram nem em igreja nem em civil. Pra que gastar dinheiro tão precioso? Nisso os dois concordavam. Aliás, discordavam de quase nada. Na vida que levava com João, Glória chorava felicidade e contentamento. E João amava Glória. Seus pelos eram seu ninho de pássaro. Gostava de ficar ali mesmo depois do fim. Quente, úmido, com contrações tímidas. Ficava dentro de Glória e gostava de dormir abraçado a ela.

Saíam pra dançar forró e também gostavam de ir à Praça da República aos domingos. Iam já no final da tarde, que era pra pegar a roda de capoeira comandada por um capoeira bem miúdo e bravo. João gostava de ver. Glória agarrada ao seu braço ficava tentando entender um homem já idoso, mas com cara de poucos amigos, que vestido de branco, parecendo marinheiro, cantava músicas que ela não conseguia decifrar. No intuito de participar, resignava-se a simplesmente bater palmas e responder o coro, quando conseguia entender a letra.

A vida era boa com eles. O filho agora tinha cinco anos. João de Beto. Tinha os olhos da mãe. Olhos chorosos. E já mostrava a herança do corpo bruto do pai. Tinha cinco, mas parecia ter oito anos. Gostava de brincar com caminhões. Dizia querer viajar pelas estradas e insistia em saber por que o pai não tinha um carro. Demorou muito pra que João de Beto descobrisse que o pai não tinha muita leitura. Foi aos dez anos. Na verdade não descobriu, deduziu. Soube também já nessa época que o seu Laurindo, um vizinho, tinha oferecido ao seu pai uma carta de motorista comprada. João se negou. Glória contou que João disse que só tinha aquilo que era seu por direito e trabalho. Glória concordou, pois que não iria discordar de homem tão bom e trabalhador, e assim continuaram a tomar peruas e ônibus, como faziam quase todos os que moravam por ali, apesar do crescente apinhado de motocicletas.

João de Beto devia estar com uns dezessete anos quando um dia seu pai chegou todo afobado. Glória ficou preocupada, desnorteada na verdade. Seu marido ia de casa pro trabalho e pronto. Não era homem de bar, de jogo, nem confusões.

João não quis contar e foi a primeira vez que não compartilhou com a mulher um acontecimento. Lembrando que as conversas de João eram sempre assim, monossilábicas. Glória chorou. Um choro diferente. Um choro de lealdade ferida. Não um choro de instante.

Num dia de domingo, João pediu pra que Glória se vestisse de branco. Esse tipo de pedido inesperado e inconfesso. Pelo caminho ela já sabia que se dirigiam à República. João estava sério e a segurava com força. Nesse dia João a olhou por períodos muito longos. Como se lhe sobrasse carinho. Como se lhe faltasse um beijo.

O mestre da roda, "o marinheiro" como o chamava Glória, mas descobriu com o tempo que seu nome era Ananias, estava irritado, dando ordens pra bateria: "Meu tempo é agora", dizia ele, "você não tá com nada" e em seguida, cantou:

> "Adeus Corina dan dan
> Vou me embora, vou me embora
> Mas eu já disse que vou
> Vou me embora, Deus me leve
> E se eu não sou querido aqui
> Na minha terra eu sou."

O corpo de Glória ficou arrepiado e sentiu-se trepidar, quando na realidade só estava sentindo o corpo de João, que tremia todo, feito brasa de São João. A beiçola apertada. O rosto bronzeado suado e vermelho.

Foram pra casa. Nessa noite Glória colocou uma camisola branca e perfumou-se com alfazema. Fizeram amor como faziam desde o primeiro dia. Dormiram agarrados, como todos os dias. Glória dormiu com lágrimas de felicidade. Os olhos de João permaneceram abertos velando a escuridão e o sono de sua esposa.

Seu Luís

Basicamente a coisa era a seguinte: juntar o povo e falar de outra coisa que não fosse a vida alheia e o futebol. Um encontro de amigos, uma cervejinha, um samba, um batuque. Tudo tranquilo. Na falta de uma associação de moradores, o point não poderia deixar de ser o bar do seu Luís. Claro. Daí foi querer colocar um nome nesse encontro, que agora aceitaria mulheres. Pra ser democrático, a primeira reunião votaria o nome. Pronto. Iniciativa do Elias, é claro, seguida do Jamilson, que agora tava todo envolvido com papo de ONG, Oficina Cultural, Cultura Afro e o caralho. Parte do pessoal achou que tinha que ter o nome Fórum da Comunidade. O Quero Quero, que sempre desarrumava, já disse logo: "Comunidade é o cacete, que aqui é favela mesmo. Favela e pronto. Sai dessa de mané comunidade que isso aí é coisa de elite hegemônica". Ninguém entendeu nada.

Elias entendeu e concordou, apesar de estar louco pra cobrar os 121,50 mangos que o Quero não pagava. Sentiu que padeciam de um desconforto comum. O Pastor Jair, que passava e ouviu a coisa, pediu pro Quero passar na igreja e chamou ele de lado. Evangelizou, argumentou, falou sobre as escolhas da vida e dos pecados... claro! Quero prometeu que ia pensar.

– Aí, Quero, nem a Deus nem ao Diabo. Ou você vai na macumba ou se ajoelha pra Cristo - disse Elias.

– Aí, mano, se mete com a sua vida, tá valendo. Eu pedalo sua bicicleta? Tô perguntando? Pedalo sua bicicleta? Eu já não disse que vou pensar, pô?!

No outro canto:

– Elias, desculpe te interromper, mas a coisa é séria. Acho que o povo não tá preparado.

– A gente tem que começar, seu Luís. Vamos esperar até quando? Vai emergir de dentro pra fora. Primeiro a gente chama o povo com o que eles estão habituados a ter aqui: bebida e samba. Depois a gente entra com discurso político. Já avisei o pessoal do sindicato. A galera toda do ABC vem.

– Eu também chamei o pessoal da Fábrica. Vêm os capoeiras, os músicos, os grafiteiros, o pessoal da poesia. Não sei se a gente vai ter que pensar em pôr tipo uns seguranças, manja? Vai ter que falar com o Quero pra ele dar um toque nos homem também. É bom se garantir. Aí não tem problema – disse Jamilson.

– Não sei. Não sei se é bom meter a diretoria nisso.

– Mas é bom pensar, Elias. Aliás, tem homem dos dois lados. Os com farda e os sem farda – disse Herculano.

– Botando as mulheres, as crianças, fazendo a coisa organizada, não tem erro – disse Elias.

– Pra gente ter uma margem de segurança vou chamar uns amigos jornalistas. Jornal de bairro, mas acho que ajuda. Hoje pobre dá Ibope. Todo mundo quer tirar foto do nosso lado. Trabalho social, tá ligado? – disse Jamilson.

– Então fechamos pra daqui quinze dias. Sábado, às 15h.

– Beleza! Fechou, Elias.

– Porra! Pena que aquele samba que a Ivone Lara canta, do Manula, não fala de São Paulo. Queria abrir com ele.

– Samba não tem identidade, Elias. Samba é samba. São Paulo, Rio de Janeiro. Como diz o GOG, "Periferia é periferia". O que importa? É aquele samba da Serrinha, né?!

– O próprio, Herculano.

– Pô, mas o Zé do Caroço é bom. Imagina dona Leci Brandão com a gente?! – disse Jamilson

Todos param pra ver o caminhão de gás. No Heliópolis tem a Sinfônica, tem o projeto do maestro. O caminhãozinho passa, o pianinho toca, em contraponto a toda a confusão ruidosa da vila.

João de Beto

Quando Glória acordou naquela manhã, já estava estranhamente em alerta e não encontrou João. Achou estranho o marido sair assim. À noite ele não voltou, e o coração de Glória começou a acumular o choro. Um choro de dentro pra fora, mais do meio pra cima e não de cima pra fora. Um choro até então desconhecido. Foi até a obra na qual João trabalhava. Descobriu que o marido não estava e descobriu ainda que ele tinha entrado pro grupo dos desempregados havia dois meses. O que levava pra casa, como se fosse salário, eram economias que ele tinha. Glória ficou em pânico. Percebeu que não sabia muito onde procurar, pois João era homem de casa pro trabalho. Voltou pra vila cansada e encontrou o filho, João de Beto. Esse lhe entregou um envelope. João de Beto, percebendo o nervosismo da mãe, mas não o fato da mesma ser semianalfabeta, facilitou-lhe o trabalho da leitura.

Tratava-se, após análise mais demorada, de uma caderneta de poupança em nome de João de Beto. Poderia usufruir a partir dos dezoito anos e pra isso agora só faltava um ano. A conta poupança tinha sido aberta por João dois dias depois do seu nascimento. Tinha todos os comprovantes de depósito de todos os longos anos. Glória só conseguiu balbuciar onde ele tinha achado aquilo. O menino respondeu que estava em cima do filtro de água, onde ficavam todas as contas. Glória olhou o filho, correu uma lágrima do seu olho e daí só foi o baque no chão.

Desse dia em diante, deixou de chorar e de sorrir. À noite o seu corpo fervia em febre. Febre de amor pelo marido. Angústia de solidão. Inconformada, só pensava que desemprego não podia ser motivo de separação, de abandono. Afinal, tantos anos de lealdade. Anos de paixão. Glória sentia que sem João não viveria muito tempo.

O filho, João de Beto, agora chamado pelos amigos de Betinho, tentava ficar ao seu lado. Às vezes ele ia a um tal centro de cultura pra ter aula com a instrutora Vitória e, dessa forma, sentir-se mais perto do pai, que era um apaixonado por capoeira. Às vezes chamava a mãe pra ver a roda, mas Glória se lembrava de que na primeira e única vez em que aceitou acompanhar o filho, pois era egoísmo querer que o pobre se enterrasse com ela em luto, ela viu o "marinheiro", o tal do Mestre Ananias. Achou que fosse visão, coisa de espírito. Achou que João tinha voltado, que estava ali agarrado ao seu braço, bolinando o seu traseiro. O sangue subiu e desceu. Sentiu calor e depois escorreu um suor frio. O "marinheiro", então, entoou:

"Mulher, venha cá
Dê conselho ao seu marido
Mulher, venha cá
Ele é bom na reza, eu, na oração
Mulher, venha cá
Ele é bom na faca, eu sou no facão
Mulher, venha cá
Dê conselho ao seu marido"

O corpo de Glória tombou de novo. Sem lágrimas. Betinho resolveu levar a mãe ao centro de Umbanda. Com certeza, a mãe estava com problema espiritual. Com encosto ou, como começou a espalhar a sua vizinha Laura, "Glória tem problema dos nervos". Betinho não tinha ainda sofrido de amor nem sentido a felicidade do verdadeiro. Desconhecia o estado da mãe.

O filho já estava agora com vinte e um e ainda não havia tocado no dinheiro que o pai tinha deixado. Estudava com amigos pra tentar uma bolsa na faculdade, era metido em projetos sociais. Ia nas reuniões do bar do seu Luís. Cuidava do seu povo. Entretanto, não enxergava com nitidez a própria mãe. Um fiapo humano exilado em roça de palha, concreto e aço. Vamos acreditar intimamente que Deus sabe o que faz e não se deve perder tempo com rodeios tentando decifrá-lo. Há de debruçar-se nesse precipício. É durante a travessia que vemos a transformação. Antes disso, só coragem.

Herculano

O samba tá comendo o couro na quadra da Barracuda. O bairro inteiro, geral e arquibancada, num suador, num passa pra lá passa pra cá. Elias e Rita grudados, como sempre. O casal mais bonito da quadra. Unanimidade. Felizes. A molecada toda tá na bateria: pandeiro, tamborim, surdo, reco-reco. Sheilá tá lá na frente, com as passistas, as madrinhas e a rainha de bateria, e a capoeira Índia coordenando algumas coreografias. Afinal, quem foi rainha não perde a majestade e a quadra toda tinha enorme carinho e admiração por ela. Sheilá estava lá, fina, cheia de boás e salto alto. Mas da Sheilá a gente fala depois.

Hércules tá no bar, isolado, tomando uma cerveja, fumando o cigarro. De olho em todo o movimento. Tem que tomar conta de um sujeito e depois acertar contas com ele. Nem ouve a música nem tchumba pro ritmo. Olhos pequenos, cílios longos, filma tudo por baixo do seu boné. Sempre batendo com a testa na vida, dando cabeçadas. Agora... o amiguinho ali tá garantido. De hoje não passa. A vadia que tá com ele, se gritar, também roda. Pá pum, já fui ninguém viu. Um tapa no seu ombro tira a sua concentração.

– E aí, Hércules?

Herculano deixa a lata de cerveja cair no chão. O peito fica apertado. O sangue sobe. Na expressão do rosto nada muda. Ele inclina a cabeça pra baixo e responde.

– E aí, Jamil? Firmeza?

As mãos estalam no ar.

– E aí, mano, curtindo um samba?

– É.

– Pô, tira esse boné aí pra cumprimentar minha professora.

Falando isso, Jamil tira o boné de Hércules que, sem chance pra correr, encara o rosto que lhe sorri abertamente.

– Ah, mas eu te conheço. Você é o cara do metrô.

– Como assim vocês se conhecem?

– Lembra de mim? Você ficou com a minha revista. Ficou de me entregar e nunca mais.

– Não, não lembro não. Você deve tá me confundindo com outra pessoa aí, tá ligada. Aí, fui...

– Calma aí. Vamos fazer as apresentações, então. Essa aqui é a Vitória, a minha professora de capoeira lá na Fábrica Cultural. Esse mal encarado aqui é o Herculano, ou Hércules.

– Eu tenho certeza de que é você.

– Gente, peraí. Hércules faz companhia pra minha professora que eu vou ali dar um salve pro pessoal e já volto.

– Quer um refri? – fala Hércules sem nem saber como conseguiu abrir a boca, mas com uma estranha sensação de alívio por não amarelar.

– Não, obrigada.

– Pega aí. É na fita. Não tem erro. Pode pegar uma Coca original ou Guaraná, não precisa ser genérico não.

– Não, tudo bem. Tô de boa.

– Pô, o Jamil levou meu boné. Mancada.

– Tá se escondendo de alguém?

– Eu? Me escondendo? Que isso, filhote. Você me conhece pouco pra já ir me julgando na batalha.

– Não pode mesmo se esconder. Você tem olhos tão bonitos. Eu que sou eu, que tenho essa cicatriz horrorosa no rosto, não me escondo.

Hércules lembrou-se de toda a cena, da garota, da agressão, dos trutas. Depois lembrou do metrô e de como foi duro pra ele deixar de acordar cedo só pra encontrá-la. Só pra sentir o perfume, que, aliás, ainda era o mesmo.

– Nem dá pra ver.

– É, sempre me dizem isso, mas pra mim parece que é uma cicatriz medonha. Foi assalto.

– Ah é? – respondeu mecanicamente, tentando evitar o confronto dos olhos.

– Vamos dar uma volta?

– Não, é que eu tô de olho...

Hércules percebeu que seu alvo estava fora do seu alcance. Deu um giro 180 graus na quadra e nada.

– Vamos dar uma volta?

– Meu. Na moral. Espera aí que eu já venho.

– Acho que não agradei, né?! – disse Vitória realmente decepcionada.

Pensou nele por tanto tempo! Camaradagem do destino reencontrá-lo.

– Te devo uma revista, menina veneno – falou Hércules apressado.

– Ah, então você se lembrava de mim o tempo todo.

– É claro que sim. Só não gosto de dar mole. Tenho que ir. A gente se tomba.

– Vai me deixar aqui sozinha?

– Ué. Você não é capoeira?

– Beleza, então, malandro. A gente se tomba

por aí – disse Vitória num tom de zombaria e sedução – Só deixa eu limpar a espuma dessa cerveja que ficou na sua sujeirinha aí.

– Que sujeira? – disse Hércules todo desconfiado e sem graça.

– Isso que você deve chamar de bigode – E já avançando passou os dedos pelos lábios de Hércules.

Ele ficou vermelho, tímido, paralisado. Não estava acostumado às coisas do coração, a certas delicadezas. Faltava-lhe a palavra gingada pra essa mandinga. Queria mesmo era esticar o silêncio. Sorriu e acelerou o passo. Enquanto caminhava, imaginou que a sua vida tinha ganhado uma direção, um rumo certo. Vovó Catarina, lá do terreiro de Umbanda, tinha sim colocado um novo coração no seu peito. Ele sentia a respiração acelerada. Um ar fresco. Uma sensação de vida nova, rodopiando numa imensa memória de dor e gritos. Queria ir pra longe dali. Levaria Vitória, Amélia e Ivone pra longe. Pro campo, pra uma roça. Teria uma criação de galinhas. Trabalharia a terra. Teria um filho. Sim, teria um filho e um dia levaria pra a sua madrinha conhecer. A madrinha que ele amava, a sua professora na Febem, professora Amélia. Ela havia lhe dito um dia que todo homem podia mudar. Que todo homem tem uma segunda chance de determinar o que deve ser a própria vida, o seu destino.

Estuprador e pedófilo não muda. Isso não muda. Pode ficar preso o tempo que for, sai e faz cagada. Mas assaltante pode mudar. Pode mudar, sim. Ele riu. Riu, mas ficou com medo de acreditar no que pensava. Mas ela estava certa e um dia ele chegaria na Febem pra mostrar a sua esposa pra sua professora, educadora. Depois sumiria pro interior. Sim, é possível mudar. Sim, é bom essa coisa de amar. "Ela passou a mão no meu bigode", pensou em voz alta . "Disse que os meus olhos são bonitos. Sim, eu a faria feliz." A cicatriz era só a marca confessa de que ela era a mulher pra mim. Foi o destino que fez essa marca. Foi o destino e o espírito de dona Clementina que tinha colocado ali na minha frente por meio do menino Jamil. Gente boa, o Jamil. O crime tava mudando. Algumas pessoas estavam fazendo a diferença no bairro. Talvez um dia voltasse do interior com a sua família só pra ver as mudanças. Mas isso ia ser depois. Agora ia resolver a treta bem rápido e voltar pra perto de Vitória. Queria passar a mão na sua cicatriz como ela tinha feito com seu bigode. Queria lhe dizer que aquilo não era nada, mas diante dela as palavras sempre insistiam em desaparecer. Estava decidido! Era hora de encostar as suas armas e se inserir em uma nova rota. Um jogo em que fabricaria boas palavras para Vitória. Esse seria o seu último trampo. Ia sair dessa vida.

Vitória localizou Jamilson, e esse a apresentou pra Rita e pra Elias. Ficaram ali sambando e falando do encontro no bar do seu Luís.

– E o Hércules? – perguntou Jamil.

– Teve que sair.

Ouve-se um tiroteio do lado de fora. A bateria para de tocar.

– Nossa. Que foi isso?

– Tiro, só pra variar.

– A quadra é perigosa?

– Olha, minha filha, eu nem reclamo viu, graças a um tiro que eu reconquistei a minha nega aqui – riu-se Elias, tentando atenuar a situação pra convidada de primeira leva.

A bateria volta a tocar. Um grupo de seguranças corre pra fora da quadra, junto com um grupo de curiosos.

– É um desaforado mesmo, viu Vitória. Não liga, não – disse Rita.

– Tiro aqui dentro é difícil. Isso aí foi lá fora e foi um pouco longe – disse Jamilson.

– Vamos curtir, gente. O povo quer se matar, que se mate – irritou-se Rita.

– Vitória, quero umas dicas suas pra formar a Comissão de Frente da Escola. Vou te apresentar a Índia. Ela também é capoeira.

– Ah é, por quê?

– É que a gente soube que antigamente a comissão de frente das escolas sempre era formada por capoeiras, por uns bambas, gente reconhecida na sua comunidade pela pernada, tiririca...

– É verdade. Gente da capoeira, tiririca, pernada. Nunca ouviu falar em Pato N'Água?

– Tá brincando?! O cara é um mito. Claro que conheço. Mas outro dia a gente conversa melhor. Agora vamos dançar.

– Boralá.

Do lado de fora, do lado de lá, o camburão levava os sonhos e a morte de Herculano pra um lugar onde o corpo deixa de ser escravo da cabeça do Diabo.

Capoeira

"Do ventre do navio, do vento que assombra
o vazio
Eu te conheço
cobra peçonhenta
Na captura do meu sopro
Na pisada da minha saliva em barro seco
No rastro de Exu, o mensageiro
Quer saber do meu mistério?
É Oxalá que me guia, me cobre com o seu
branco
Mas com o seu cajado, ahah
no seio da sua inveja, massacra o seu pranto"

E, agachado ao pé do berimbau, bateu cabeça pro tambor e saiu-se pra roda do mundo; pequenininho, menino de carapinha branca; na queda de rins.

Praça da República - São Paulo.

Sheilá

Sheilá, que era Rosendo, era Sheilá desde muito pequeno. Tinha o amor e a cumplicidade da mãe, que no caso era a avó, dona Arlinda, que a criara desde os seis anos, dando-lhe colo quente quando tomava uma surra do pai que, coitado, não tinha culpa, tinha tido outra educação e, por consequência, outro entendimento e um pacto com o mal na hora de bater, que era extremamente funcional. Bem cedo, Sheilá pediu à avó uma boneca de pano preta. Queria que ela falasse igual a boneca Emília, com muito fôlego, sem ponto nem vírgula, que lhe contasse tudo o que ela e a negra Anastácia faziam quando não tinha ninguém por perto, pois Sheilá tinha certeza de que Anastácia fazia muito mais do que ficar na beira do fogão com uma colher de pau. Devia saber histórias das boas, mandingas, cantigas, ideias revolucionárias. Emília era de todas as cores e, portanto, preta, que preto é a união de todas as cores. Haveria de lhe fofocar tudinho, até que tivesse que tapar os ouvidos e fazer juras de segredo absoluto. Iriam rir muito por terem enganado o próprio autor da obra, pois Emília tinha vida própria, e era mandingueira, revolucionária e comunista.

A avó fez, e Sheilá só podia brincar com ela quando o pai não estava em casa. Caso ele chegasse, dona Arlinda já tinha encontrado a fórmula "roubei da menina, pai, quero ver a calcinha dela". Batata. O pai ficou todo orgulhoso e nunca desconfiou. Um triunfo da esperteza anastaciana de dona Arlinda. Faz que vai, mas não vai.

Sheilá cresceu entre amigas, sempre em turma e não foi de muitos namorados. Descartava todas as ofertas dos meninos, que, ela sabia, depois virariam o rosto pra ela na calçada de alguma rua, fingindo desconhecê-la. "Dignidade, meu filho, dignidade acima de tudo", ouvia da avó que era a única pessoa que o chamava de Rosendo sem que ele se lembrasse de que queria ser Sheilá. A avó sabia pronunciar o seu nome de forma totalmente assexuada. Rosendo na sua voz significava: meu amor, meu neto querido, meu menino. Na voz doce da avó, Sheilá encontrava conforto pros seus infindáveis questionamentos, e o que ele sentia e não falava a avó tinha o dom de adivinhar.

A avó era uma das suas maiores fãs. Os pais e os irmãos Sheilá visitava uma vez por mês. Religiosamente no dia dez. Deixava ali o complemento da família. Pedia a benção, tomava café, ouvia as histórias amorosas da irmã mais nova, dava conselhos, dava roupas. Os irmãos o acompanhavam até o ônibus, e Sheilá sabia que eles não se importavam nem com os olhares nem com os comentários constantes e irônicos. Com o tempo, com os amores, com as frustrações e, honestamente falando, principalmente depois da morte de dona Arlinda, Sheilá quis uma companhia. Não queria homem não. Homem ia sujar a sua casa de boneca, ia se meter na sua vida, ia também querer ser sustentado. Homem só fora de casa. Pensou em chamar os irmãos pra morar com ela, mas agora eles já estavam moços, tinham as suas vidas. Foi nessa época, e Sheilá acreditava ser uma graça divina, que uma das camareiras do teatro falou de uma criança, uma menina que estavam dando lá no seu bairro.

Sheilá perguntou a idade. Três anos. Pai morreu em decorrência de HIV, mãe tá na Detenção. A mãe também tem o bichinho e, por saber disso, ficou revoltada, apronta várias na cadeia, e a cada vez a pena vai aumentando. Não sai nos próximos 20 anos. Só sai antes se for no caixão.

– Quem é a responsável?

– Ninguém, a menina fica numa vizinha que não tem mais condições de criar. A gente esconde porque pro orfanato a gente não vai deixar ir.

– Eu quero. Vou falar com um amigo delegado. Ele me deve umas.

Duas semanas depois, a menina, registrada como Laureane, passou a ser chamada Rita de Cássia, de quem Sheilá era devota. De Rita de Cássia pra Ritinha foi um pulo que o destino absorveu com força.

De um tudo a menina teve, sobretudo a atenção e o amor de Sheilá e, é claro, como herança, a boneca preta de pano tagarela e impertinente, que é sempre chique ter alguma coisa de "herança de família". O segredo entre Sheilá e Emília era que a boneca lhe havia confidenciado ao pé da orelha que Tia Anastácia era ativista e macumbeira das boas. O tal do caramujo que Emília havia engolido e lhe libertado a linguagem era na verdade mandinga das boas, um igbin de Oxalá.

Alice

A turma estava animada. Iam ao Museu de Arte de São Paulo, o MASP, aquele que tem as pernas vermelhas nas laterais. Isso só, já seria motivo de alegria extremada. A questão é que metade da turma nunca tinha ido à avenida Paulista. Só conheciam por meio da televisão. Todos já com 12 a 16 anos.

Quando a professora de história, Clotilde, que organizou a excursão, soube do fato, decidiu que iriam descer no metrô Paraíso e andar a pé até o museu, percorrendo, assim, grande parte da avenida e permitindo que pudessem ver de perto o orgulho paulistano.

Enquanto isso, ali na altura da Brigadeiro Luís Antônio, em um dos muitos prédios comerciais, Alice olhava para as caixas com um ar de estranheza estampado no rosto pálido. Dez anos trabalhados na empresa de consultoria em investimentos imobiliários e, assim, por um capricho, não da vida, mas de uma única pessoa, tinha sido trocada por uma linda estagiária, jovem, talentosa, cheia de vida e ambição. Alice, que sempre fora segura de si, nunca ligou muito pra demonstrações de entusiasmo e juventude no trabalho, pois, afinal, na sua cabeça, a gente sempre tinha o que merecia ter. Alice foi educada pra acreditar que o dinheiro era vulgar. O que lhe suscitava um pensamento recorrente durante o catecismo. Então todo pobre é bom? Sabia que a miséria pode talhar pessoas extremamente cruéis. Por que se lembrar disso agora? Diante de si estavam oito caixas de papelão com todos os seus pertences de dez anos de casa. Lembrou-se de como foi a separação com o ex-marido Osvaldo, o dia de escolher o que ficava com quem. Alice notou a importância das caixas de papelão nos momentos de separação. O que devia ir embalado, o que devia ir deitado, plástico bolha, jornal. Caderno de cultura do jornal não servia pra embalar coisas de cozinha, tinha que ser pra algo mais importante, uma lógica inventiva que tinha criado com o passar do tempo. É, cada caderno deveria ter uma utilidade. Quem não pode pagar Granero se vira com jornal velho, plástico bolha e muito chá de melissa pra disfarçar o choro. Mas por que se lembrar disso agora?

Ali, na sua frente, as oito caixas. A barata da

Clarice Lispector. Sim, a qualquer momento sairia de uma das caixas uma superbarata voadora, que ia inbfernizar a mais nova gerente da empresa, a gerente estagiária, candidata à vice-presidência (atriz/modelo/cantora). A barata da Clarice Lispector a faria ficar com um ar ridículo, como se a poeira das caixas pairasse no ar em estado de coma, e forçaria o departamento financeiro a pedir uma dedetização. "Aproveita e dedetiza a cadeira da Alice", alguém certamente diria em deboche. "Já criou teia de aranha", continuariam.

Alice queria sair por cima. Tinha ajudado tanta gente, realizado tantos sonhos de pessoas com desejo de uma casa, de um escritório, tantos projetos. O dela mesmo tinha ficado pra trás. Nada de casa própria ainda. Que não fosse uma casa para viver, pensava, que fosse para morrer, afinal, o seu velório haveria de ser em casa, contrariando toda e qualquer lei sanitariamente insensível.

Tudo aconteceu tão rápido. Esperou, ali, sentada no mesmo lugar de dez anos. Esperou o quê? Bem, um buquê de flores certamente. Se não dos clientes, pelo menos da loja em que todo mês encomendava flores para os seus melhores contatos. Nada. Um assombroso silêncio. Uma espera constrangedora. Ela já não era mais ninguém, era só ventania de pó, com olhos cheios de sombra e lágrimas. Bem... Talvez das agências de publicidade e propaganda que inúmeras vezes contratou para algum grande lançamento imobiliário. Não. Nenhum e-mail sequer. Alice esperou calada, dentro de uma floresta interna e secreta. Amedrontada pelo possível esquecimento. Pelo liquid paper que passariam em cima da sua trajetória naquela empresa. Uma frase batia na sua cabeça como música eletrônica: "O mundo é feito de roedores". Sempre tem alguém esperando pra roer as sobras. Ou, como ouvira da faxineira, a situação parecia um enterro, quando depois do fim do defunto, a família briga pela partilha dos bens. Do outro lado, a gerente, jovem e motivada recebia os parabéns dos amigos de Alice, aqueles mesmos que ela já tinha ajudado e que no momento mantinham uma certa distância para não criar "comprometimento corporativo" ou "vínculo afetivo". "Alice, quer tomar um café depois do expediente, conversar um pouco?" Nada. Alice olhava as caixas. Oito no total. Caixas de papelão, para sempre na sua mente, estariam irremediavelmente ligadas ao ato da separação e não da tal mudança e novos desafios. Um amigo arriscou-se e, chegando bem perto, disse na intenção de confortá-la (ou confortar a si mesmo): "Tudo de bom pra você". Pode parecer grosseiro, mas, para Alice, "tudo de bom pra você", naquela situação, significava "vai se foder longe de mim, viu, querida". Sentou-se. Por uma fração de segundos insanos, quis livrar-se da mortalha da sua qualificação profissional e mandar todo mundo se foder em alto e bom som.

Sete da noite. Como todos os dias úteis, dos últimos dez anos, Alice desligou o computador. "Dia útil deveria ser sábado e domingo!", pensou. Olhou as caixas. Segurou o choro e decidida a reencontrar algum tesão na sua vida, atravessou toda a "repartição", como chamava o andar do seu departamento.

Se a protagonista de E o Vento Levou não morreu de fome por que ela, Alice, morreria de raiva? Não. Com o ódio sangrando pela boca, se calaria, pois a melhor resposta é aquela que não se dá. Sem correntes. O que faria dessa liberdade? O seu pai sempre dizia que passarinho criado em cativeiro morre de fome quando solto. No fundo, mudam-se os escravizados. Seguiu.

Nesse mesmo instante, o grupo de alunos da professora Clotilde, acompanhados pelos bedéis Tia Marta e Tio Mário, estudantes do Colégio Estadual de Primeiro Grau Princesa Isabel, do bairro Bosque da Saúde, conhecido como Brejão, sai do Masp. Já é noite. De frente ao prédio, uma mata se apresenta de forma desajeitada.

– É o Parque Trianon – disse a professora Clotilde.

– Poxa, vou dizer pra minha mãe que na Paulista tem até floresta – retrucou uma aluna.

Era Rita de Cássia de Oliveira Silva, a Ritinha, da 5ª série A. Período da tarde.

Sidão
E o desfile do sonho idealizado

No desfile do sonho idealizado por Paulo de Ogum, Sidão assim viu: sete alas, com sete carros alegóricos. Cada um representando as sete linhas da Umbanda.

Ainda pensava em tudo aquilo que havia escutado de Paulo de Ogum. Não tinha a certeza sobre tudo o que iria apresentar na avenida, tudo aquilo que demorou um ano para ser desenvolvido, concebido. Tinha responsabilidade com a sua comunidade e agora ela estava toda ali, olhando pra ele de frente. Aguardando o comando.

Compositores e puxadores à frente da escola, Sidão pega o microfone:

– Saúde, Ipiranga, Brasilina, Diadema, Bristol, Sacomã, Jardim Caraguatá, Vila Guarani, Tabuão, Liviero, Vila Moraes. Todo mundo do Canhão. É agora, minha gente! É no grupo dois – puxa Sidão.

Tambores eclodem, esparramando euforia madrugada adentro.

Sidão continua:

– Pombinho branco. Mensageiro de Oxalá – os atabaques rufam baixinho. Leva esta mensagem de todo coração até Jesus e diga que somos soldados de Aruanda, trabalhando na Umbanda e levando a sua luz... Desce, Itaboraí. Desce, Barracuda, a nossa hora chegou. O galo já cantou, porteira bateu!

A bateria grita, cúmplice do seu líder. Os jurados sonolentos se assustam com o entusiasmo de uma escola que vai desfilar as suas incertezas pra poucos. Pra quase nada. Pra pretos, ou quase pretos, ou quase brancos. Pobres.

Na comissão de frente, todos vestidos de Exu. Cada um representando uma falange diferente. Tudo com muita categoria. Cada qual com o seu chapéu, a sua cartola, a sua bengala, a sua capa, o seu lenço. O Orixá mais humanista do panteão. Não julga ninguém. Eram eles: Mestre Caranguejo, Formado Tatito, Mestre Ananias, Mestre Maurão, Mestre Catitu, Mestre Silvestre, Mestre Tucano Preto, Mestre Gladson, Mestre Zé de Andrade, Mestre Suassuna, Mestre Miguel Machado, Mestre Pinatti, Mestre Brasília, Mestre Joel, Mestre Jamaica. Revezando a comissão, vinha a catimba. As vozes legítimas das expressões autênticas do samba e do seu povo. Eram eles: Seu Nenê de Vila Matilde,

Osvaldinho da Cuíca, J. Muniz, Toniquinho Batuqueiro (que, mesmo sem enxergar, por meio das sombras decorou a coreografia), Solano Trindade, Caco Velho, Geraldo Filme, Plínio Marcos e mais um mundaréu de nego véio. A comissão era dupla. Uma alternando com a outra. A velha guarda do pessoal da tiririca e da pernada, bailando a malandragem com a ginga mandingueira dos capoeiras. Vadiação da mais alta patente. Tipo "Mourão, mourão..." ou é "tumba moleque, é tumba...".

Pato N'Água, o rei absoluto do Bexiga e da tiririca, que comandava o Vai-Vai de cima do Viaduto do Chá, vem dançando na aba do chapéu, altivo, dando umas piscadelas de vez em quando e puxando na rasteira os mais desavisados.

Atrás da comissão, segue uma ala inteira representando a falange dos ciganos e das bombogiras. Pai Walter segue nessa ala, caminhando a passos lentos, concentrado, olhos úmidos. Ao seu lado, Anastase Gadzanis, o querido Tasso. Na sequência da comissão de frente e da ala, o desfile segue com o Carro dos Orixás, onde rastejam, com um sopro de vento e nas cores do arco-íris, Mejitó Fátima e seus Voduns. Atrás de si, um redemoinho de ventania forjado por Oyás, que festejam o campo de batalha numa tempestade sem freios.

Aqualtune, mesmo sendo do Congo, vinha

de Iansã. Com um vestido laranja-coral. Paula Lima vinha de Oxum. Seios fartos cobertos por rendas, com uma bela cauda de sereia dourada. Mano Brown seguia num misto de Exu com São Jorge Guerreiro. Itamar Assumpção estava de Oxóssi. O grande caçador noturno. Paulo Cunha, o cobrinha, de Ogum. Ney Matogrosso de Oxumarê. Jair Rodrigues e Happin Hood seriam Obaluaê e Omulu. Pai Pérsio, claro, vinha de Xangô.

Mãe Silvia vinha de Oxalá e, atrás dela, todo o povo do Sítio da Ressaca. Eunice do Lavapés, de Iemanjá. Dona Leci Brandão estava discreta, com roupa de saco, calça e camisa. Sidão perguntava a si mesmo de onde tinha saído tanta gente famosa, do alto escalão da malandragem, alguns que nem eram do santo. Por que eles estariam num desfile de segundo grupo com arquibancada vazia? De onde tinha saído dinheiro pra pagar cachê? Todos acenavam pra ele, que se perguntava "mas eles me conhecem?".

Como o desfile não podia parar, ele continuou puxando o samba ainda inacabado. Seu Luís do bar, seu João da oficina, Elias e os compositores, ao seu lado. O povo da margem. O povo que traz a sua poeira nos olhos e a água de chuva na barra da calça. Ah, sim. Todos estavam descalços. Até mesmo Tebas, que vinha encharcado por uma réplica do chafariz da misericórdia. A ala que segue o Carro dos Orixás é formada por vários capoeiras guerreando o maculelê. As dez princesas da escola, vestidas como rainhas africanas, libertam o samba e a ginga da capoeira. São elas: Eloana, Mara, Criança, Índia, Vitória, Chica Crioula, Nzinga, Zacimba, Wika, Teresa de Benguela.

Atrás dos capoeiras, uma mata exuberante. Animais, caboclos, os seus penachos, iaras. Os índios e os caboclos cobrem a avenida com a sua dança marcada com os pés, com a sua altivez milenar e reivindicatória, que faz as gentes se curvar. Alguns boiadeiros das matas também participam do cortejo. Giram os seus laços, tocam berrantes num espaço de tempo que ecoa e desarma as almas dos preconceitos mais petrificados, mesmo aqueles criados em beira de pedra de cais e nos asfaltos das grandes cidades.

A escola vai passando. É como se todos caminhassem em direção ao precipício de Palmares e, ainda assim, cravassem passo firme. Nas torres de avaliação, os jurados estão espantados. De onde saiu esse povo? Não tem televisão. Não tem repórter. Não tem patrocínio. Não tem público. Não convém.

A comunidade avança como quem tem fome. É um desfile pra si mesmo. É engolir-se de tanta fome. É um desenrolar da vida em pequenas linhas de eletricidade. Subversão. Sidão chora. Fica com a voz embargada. Brown pega o microfone e, ao lado de Edi Rock, Thaíde e GOG, continua a entoada. Eliana de Lima, vestida de Nanã, puxa o enredo e é aclamada pela arquibancada. Ao seu lado, o ator Ailton Graça.

Sidão não entende. Começa a acreditar na realidade daquela revolução. Ao lado de Elias, ele olha um negro alto e magro. Com cara de poucos amigos. Os pés se abrem em forma de pato e lhe dão um cutucão na canela. Uma luz prateada cobre a sua roupa preta e branca, como um manto. Sidão quase enfarta. Não tinha visto ainda o mito: "Pato N'Água, do Vai-Vai". O grande apitador vivo, ali, em sua frente, na sua escola Barracuda, pronto pra lhe derrubar. J. Muniz, da X-9 de Santos, passou e acenou, levando pelo braço Toniquinho Batuqueiro, mais o Zeca da Casa Verde. Sidão viu ao seu lado a imagem de três almas negras. Eles se apresentaram: "Eu sou Quintino de Lacerda, do Quilombo de Jabaquara". O outro, mais velho, falou em uma língua estranha: "Sou Pai Felipe". O último se apresentou como o Preto Piu, de Sorocaba.

Sidão não conhecia esses três e também nunca tinha ouvido falar nos seus nomes, mas sentiu o peito apertar, forte, compacto. Já os sambistas da

Pauliceia tinham atordoado ele, que honra!

O sambista desfilava o seu pranto de alegorias, confetes e serpentinas para um bando de pierrôs e fantasmas. Um zumbido no ouvido e, então, um eco forte e contínuo insistiam em persegui-lo ao longo da caminhada.

Olhou pra trás e viu um pelourinho. Era o Largo dos Aflitos, atual Praça da Liberdade. Ao lado da forca, um homem negro, de carapinha e barba brancas. Olhou para Sidão e, sem mover os lábios grossos, apresentou-se: "Sou Pai Joaquim de Angola". Ao seu lado, sentado em uma tenda com ervas e pássaros, um homem de largo sorriso cerrou os olhos numa piscadela. Uma placa de madeira indicava: Tenda de Pai Ignácio.

No mesmo carro, uma banca de quitutes tinha a placa Adão e Luiza. Vinha com um mar de baianas, com frutas, bacias com roupas pra lavar. As saias eram de morim, nesse carro que era uma réplica do Largo do Paissandu e da sua igreja. No meio das baianas, seguia Clementina. Da roupa branca escorria sangue. Sidão achou que fosse alma penada, mas já ele não sentia que aquilo tudo fosse real. Pra não parecer descortês, cumprimentou a alma de Clementina, que seguiu agradecida.

O carro seguinte trazia uma imagem imensa de Cosme e Damião, repleto de flores, doces, balões, pipas. Toda a comunidade vinha seguindo com Sheilá liderando a ala. Algumas das roupas formavam uma espécie de balão, como se a criança estivesse sendo carregada pro alto, por meio de um suspensório que a fazia levitar.

Sidão reconheceu uma das crianças. Era um molecote gordo. Tinha marcas roxas no rosto. O katinguelê encarou Sidão e sorriu. Sidão balbuciou comovido "Tenho saudades de ser você", e o menino sabia que a dor da saudade mata as gentes. O menino tinha a pele marcada de surras, mas sorriu e uma palavra vibrou em sua boca.

A bateria seguiu e, com ela, todo o cortejo de trabalhadores. A vida não espera, ela segue. O tempo é agora, e, assim, toda vestida de marinheiro, a bateria mergulhou na alma da semba. Elias na frente como o mestre. A rainha, Rita, com as cores de Iemanjá, num misto de azul e verde. Cor do mar, cor das águas. Cor de todos os mares. De repente, os marinheiros se curvam, e todos têm em suas costas escamas prateadas. A bateria se divide em linhas sinuosas, e a madrinha percorre lânguida todos os caminhos, como se a sua escama cobrisse a todos. A plateia, que até então não existia, grita em êxtase para o assombro de Sidão. A rainha da bateria se curva e apresenta o mestre-sala e a porta-bandeira, que carregam orgulhosos o estandarte: Glória e João.

Parte da bateria tem as escamas douradas. Com um jogo de corpo, Rita curva-se, e sua roupa torna-se dourada, todos os adereços refletindo o dourado. O mar se transforma em rio. Ela percorre o caminho como Oxum. A mãe das águas doces. Quando ela retorna, incrivelmente, o seu ventre está gigante. Ela carrega a fecundidade. O esperado filho de Elias. A bateria se volta para o compositor e saúda o mais novo pai da comunidade. Rita continua a sambar na ponta do pé descalço. Carregando, sim, o verdadeiro Ventre Livre e deixando nas águas todas as aflições do seu povo, pois Rita só queria ficar à beira d'água, sonhando que o córrego era riacho e que seus cisnes chegariam, enfim.

Uma chuva de pipoca, que é a flor do candomblé, teima em derramar-se sobre todos. Um efeito especial que sai de uma terra não germinada e dá prenúncio ao toque de Ijexá. Carnaval pelo e para o povo. Reconciliação. A informação por meio do corpo. Corpo veículo de transmissão ancestral. Herculano, Jamilson, Quero Quero, Betinho e todo o pessoal do boteco segue na bateria, mais o Mestre Valdenor e o Dalua, que vêm com o povo do ABCD. A Itaboraí, o Escadão e a rua A, o Princesa Isabel, a Corrêa de Lemos inteira, a Três Tombos, mais o pessoal das travessas da Cursino e do Júlio Ribeiro, junto com o Cingapura e mais 50 mil manos estão aí. Isso é Barracuda. E ainda não é o suficiente para a Revolução.

A criança gorda se aproxima e recorre à mão suada do sambista. Ela leva Sidão pra perto da Velha Guarda, onde ele avista o seu pai e a sua mãe já bem envelhecidos. Enfim, o entendimento. É preciso que o corpo sinta. É preciso despertar o corpo e o seu pensamento. O Carnaval é tudo o que uma boca faminta e desdentada come e depois sorri satisfeita, e integrar-se onde o vento encosta o lixo e nele, criar possibilidades de subversão e retomada.

Na avenida, era um tal de se requebrar, que não se sabia se era santo, saravá ou samba. Pessoas aos tropeços, que saiam das suas fantasias como de dentro de um espectro. E o chão era uma boca faminta que ia engolindo a todos num grande redemoinho chamado gira-mundo. O sol iluminando arranha-céus, terrenos baldios, capins, barracos. Chegava no encalço do sonho e do descontrole. Sonho era. O sonho idealizado por Sidão, com Pai Walter e Paulo Cunha. A última composição de Sidão.

Ouve-se o apito de Pato N'Água. Sidão sente cada fibra do seu corpo, o sangue transitando, as ideias incertas. O momento derradeiro. Fim do desfile. Silêncio.

O velório foi realizado em casa, no Bosque da Saúde. Bateria calou. As luzes da avenida foram apagadas. Arquibancadas vazias. Vozes e aplausos do povo do pó, das casas de palha. Só um sonho de ideias de um metalúrgico aposentado gordo e comunista, que ainda acreditava no bem comum e era apaixonado pela Barracuda: "...A Barroca está na rua...", ele bem cantou um dia e de sua voz nasceu um pé de Iroko, pois que a passarela era seu terreiro, movimento do seu xirê.

Com o peito em descompasso, compacto como um surdo na bateria, piscou a sua miséria na avenida uma última vez e virou hipótese.

João de Beto

João de Beto pegou o envelope um pouco amassado. O carimbo dizia que havia sido postado em Vitória do Espírito Santo. Não tinha remetente. Glória, sem ao menos ter curiosidade, não quis abrir. Deixou o envelope em cima do filtro por quase quinze dias. Betinho já estava com vinte e dois. A mãe continuava sem saber ler. Primeiro achou que era campanha de político, pois estavam em setembro e nessa época pobre passa a ter endereço com nome de rua, número, CEP, nome e sobrenome.

Betinho pegou a caneca de Nescau e o pão com manteiga. Sentou na mesa.

– Mãe, posso abrir?

– Por mim… – recebeu como resposta.

Betinho leu:

Itaúnas. Espírito Santo, agosto de 1997.

Que essa carta encontre vocês bem de saúde.

Estou bem aqui. Fiz tudo de novo. Agora pode vir. Glória, traga tudo e o vestido branco. No envelope tem o dinheiro da mudança. O seu Martim ainda faz o carreto? Te espero na rodoviária.

Do mês que vem em diante volto a po dinheiro na conta do menino.

Vem logo. To esperando.

Vende tudo aí rápido.

Peça pra alguém lê essa carta pra você. Quando chega, você vai pra escola cunmigo. Fui eu quem escreveu essa carta aqui.

Do teu marido.

João.

Vem logo.

Após terminar a leitura, João de Beto olhou pra mãe. Espantalho espantado. O seu amado João estava vivo e esperando por ela. A lágrima caiu queimando o rosto. Rosto que era terra árida. Alinhavado por rachaduras. Secou. Nunca mais viu água. Mirou o filho e levantou-se decidida. Abriu a porta da cozinha e gritou:

– Ritinha!

– É o quê? – respondeu a menina.

– Pergunta pra sua madrinha se tem horário hoje?

– Oh, madrinha Nice, tem horário?

E logo em seguida respondeu pra Glória:

– Daqui a pouco.

– Fala pra ela que eu tô indo cortar o cabelo, dá escova, fazer unha e depilação. Tudo completo. Fala que tem que ser rápido que eu viajo depois de amanhã.

Isso dito, Glória fechou a porta e suas lágrimas sorriram pra João de Beto. Desemprego não tira o amor de ninguém. Só toma emprestado. Riu-se e desatou a arrumar as malas

Luís

Foi assim. O céu escureceu de repente. Parecia o apocalipse. Aliás, tudo o que ficava perto da serra, escurecia rápido e dessa vez não foi diferente. Uma muralha de escuridão. De Diadema até o Ipiranga, escuridão total. A população do Canhão calou. Criança não chorava, só a filha da Laura, que mesmo grande continuava chorona. A molecada sumiu do campinho, e a rua dos Prazeres ficou sem a costumeira poeira. O bar tinha fechado, a oficina, também. Todo mundo olhando pra cima com medo do que vinha, e também pra baixo pra não pisar em tanta merda de cachorro e saco de lixo aberto, com mais fraldas cheias de merda e modis aberto.

Luís não pediu o carro do jornal. Preferiu ir de metrô. Sorte ainda deixarem ele ir pras ruas em tempo de tantos cortes nas redações. Era do que mais gostava. Lembrava da época de faculdade em Recife, da Folha Universitária. De lá pros dois jornais mais importantes da cidade e, depois, a Babilônia, como a sua mãe dizia. Para não fugir à regra, estranhou o começo, em ressonância com a música de Caetano. Entretanto, como curioso da vida e da morte que era, São Paulo foi um prato cheio para os seus textos. Pra começar foi morar com um casal de amigos. Depois dividiu apartamento na Capote Valente com mais dois conterrâneos. Da convicção de ser solteiro, encontrou outra fruta da terra. Fabíola, sua paixão. A sua Frida Kahlo. Casou-se e teve um filho homem. O que mais um homem podia querer? Um cachorro? Pegou também. O nome? Feijoada.

E foi pensando na sua chegada em São Paulo que recebeu um torpedo dentro do metrô que dizia "Corre pra favela do Canhão". Ótimo. No Canhão ele tinha passe livre. Afinal, quantas vezes não foi lá se encontrar com o pessoal, falar mal do seu outro conterrâneo presidente, com o qual tinha uma relação de ódio e admiração. Era até esse o problema. Pois Luís não tinha ódio de ninguém. Era um humanista. Amava tudo que era tipo de gente. E olha que em anos de jornal ele já tinha visto muita coisa. Mais humanista que Luís só o Diabo.

Ele queria ter chegado à cidade quando ainda existia o Notícias Populares! Devassidão narrativa! No Canhão, teria bom material, mas já previa que o material humano que encontrasse poderia estar combalido debaixo de jornal. Ou perdido na miséria. O que esperar? Olha pra que serve o jornal escrito com tanto capricho e habilidade. Cobertor de defunto ou ferramenta pra embrulhar objetos em mudança.

Quando chegou já tinha emissora de TV, polícia, ambulância, o corpo de bombeiros. "Devo ter demorado muito", pensou. Lama pra todo lado, e era engraçado ver a repórter da televisão escorregando de um lado pro outro, tentando se equilibrar no salto. Novata. Cachorro molhado e esquelético. Casas derrubadas. Olhares de pavor. Casas? Aquilo era o lugar mais perto do abandono que ele já tinha conhecido. Bronca todo dia.

– Morreu um menino. A água levou. A mãe dele é aquela ali. Eram só os dois. Dá uma pena danada – disse um homem apontando na direção de Do Carmo.

Luís não chegou perto da mãe nem da amiga que o olhava com olhos de não chegue perto. Daí a gente pensa: alguém que perde o próprio filho fica com quanto tempo de vida? "É!", pensou Luís. O jornalismo se perdia no meio da batalha.

O fotógrafo do jornal chegou. Fez algumas fotos. O que Luís iria apurar? Mais uma morte por causa de enchente? Mais uma mãe que perdia seu filho? Pelo menos ela não tinha perdido o garoto pro tráfico. Não teria que acorrentá-lo numa mesa, num poste. O que pensar? Que Marcos, o seu filho, estava saudável, estudando numa escola construtivista? Que a noite tomaria um vinho com a sua Frida? Quem lê jornal a não ser o próprio jornalista? "Porra, que texto foda o seu hoje, hein!" Enfim... Sentia um desânimo profundo. Viu o bar do seu Luís, o seu xará, fechado. Lembrou das conversas apaixonadas, das discussões, das divergências. Que vontade de revolução! Sangue nas veias. Saudade da terra. Ir ao bar lhe dava o sentimento de subversão. Pelo menos na discussão. De estar no Pátio São Pedro ou na Feira de São José. O batidão dos ensaios de maracatu. O seu repertório. Metade da comunidade era nordestina como ele. A chuva voltou a cair. Luís acendeu um cigarro, sentou num pedaço de tábua que servia de banco e ficou olhando o vai e vem. Olhando sem enxergar, voltou à época em que tinha doze anos, em Arco Verde, sertão de Pernambuco, numa infância à toa, sem nome e sem dentes. Num cercado de insignificâncias, sem adjetivo ou substantivo próprios. Um rebanho cheio de olhares tristes numa espera aguda de qualquer coisa. Até de chuva. Tinha já uns cinco anos que não chovia por lá. Seu pai disfarçava bem o desespero, e o amor da sua mãe supria a barriga vazia. As coisas já estavam difíceis quando uma das suas irmãs apareceu de barriga cheia, e não era de comida não, era de filho sem pai mesmo.

O quintal de casa era vasto e rasteiro. Não tinha vegetação nem arvoredos, mas tinha uma vista frondosa do horizonte, que lhe fascinava. E foi do horizonte mesmo que aquela coisa preta fincada no céu começou a dominar a paisagem.

Minha irmã, então com seis anos, grudou na minha mão. A família toda, aquela mesma dos barriga vazia e da menina da barriga cheia, enfileirou-se no alpendre. Meu pai correu pra pegar o gado e tentava preparar a terra, assim de último instante. Estava numa euforia, meu pai. Parecia criança. Não sorria não, mas tinha uma alegria tímida escondida em algum recôncavo de satisfação. Minha mãe mandou as meninas pegarem baldes e cacos, que espalhamos pelo quintal.

Balde, bacia, até penico foi. E, sem timidez ou protocolo, aquilo caiu pesado. Caiu barulhento. Despejou no sertão de caatinga e semiárido uma choradeira. Ou, então, era alguém no céu parindo. Era isso. A bolsa estourou e caiu ali. No sertão de Pernambuco, uma chuva de placenta. Pariu no meu pai a alegria de ser produtivo novamente, pois homem que cria não se perde. Homem que cria, sem saber, já é político. E Luís sentiu o peito apertar no Canhão. Sirenes. Choro. E a mãe chorando. Não pôde deixar de pensar em Maria e Maria Madalena abraçadas, mas o que ia coberto pelo lençol ainda era menino, não homem. Não deu tempo. Foi-se na maré de lama, e de lixo, e de tudo o mais.

Luís limpou o rosto, mas sabia que água de chuva não era salgada. Ah, não. Com os olhos em névoa, lembrou-se bem de quando todos os irmãos em Arco Verde abriram a boca. Engoliram água que caia do céu. Milagre! Engoliram a placenta da misericórdia. Maná! Era São Paulo, era Sertão. Outra lágrima caiu. Luís lembrou-se da irmã. Sim, aquela que estava com cinco anos e nunca tinha visto a chuva. E ela também nunca tinha visto que, depois da chuva no sertão, tem uma revoada de tanajura. E tanajura ela também nunca tinha visto. Tinha visto pouca coisa na vida, então. Acho que ela tinha visto muito sol. A partir daí, chamou a minha irmã grávida de Tanajura, e não adiantava explicar que a tanajura era grande na bunda, ela insistia que era na barriga. Riu-se ali no banco de tábua!

Hoje, sentado aqui, eu penso que a babilônia e o sertão podem estar muito mais próximos do que se imagina. As fronteiras geográficas não existem verdadeiramente. Tudo isso é forma de controle. É forma nem de chuva nem de sol, é uma forma nublada de poder. É, acho que o poder é nublado.

Como dizia minha mãe: a vida é uma colcha de retalhos sem valia.

Nem o cisne de Rita nem a Tanajura da irmã do jornalista Luís. A manchete do dia foi "Chuva causa enchentes e tragédia na zona sul de São Paulo". Retalhos e magreza criativa do canto do mundo, onde não se sabe colecionar palavras nem elogios. Pedaço de chão onde a chuva e o sol educam a alma a ser cativa, obediente e trabalhadora em busca do merecimento. Tem que engolir o choro para viver na pobreza. Não dá pra comprar a pipa pronta. A alma tem que tomar forma, tem que tomar fôlego, tem que ficar mais forte do que o lugar, tem que ter cerol.

"Nesse cenário, não cabe um cisne branco", pensava Rita do outro lado da rua enquanto consolava Do Carmo, que era acudida pelo bombeiro que encontrara o corpo do seu filho dentro do córrego. Sua identificação do uniforme mostrava: Alexandrus Jorge. Nunca esqueceria o seu nome e o seu rosto, que demonstrava tristeza e pesar por Do Carmo, mas determinação em continuar, numa busca frenética, por mais pessoas desaparecidas naquele pântano de lástimas.

Canhão

O pessoal do bar do seu Luís resolveu organizar uma passeata. Tudo bem que talvez não desse em nada. O Canhão estava mesmo num local ilegal. Tinha sido tomado na raça, de um dia pro outro, muitos barracos de madeira e papelão em desordem total. Hoje as casas já são de alvenaria, tijolo mesmo, ganharam vigor e conduta. Não tinha como tirar. Lugar vazio vai ser ocupado mesmo, e dois corpos não cabem no mesmo espaço. Ou era o povo ou era o governo, pois a experiência nos mostra que raramente os dois estão no mesmo lugar sem que não haja cotoveladas daqui e de lá. Cobrança de falta. Uma grade ou normalmente um córrego separa ambos. Ou um muro cheio de arame elétrico e câmeras de vigilância. Nesse caso, o córrego era o Peribebuí. Mas, ao contrário do habitual aterramento, o que o povo do Canhão queria, pelo menos o povo do bar, era que aumentassem as margens. Colocassem bancos, flores, árvores, uma horta comunitária, enfim, um espaço público que não fosse o lixo, o cheiro ruim, o esgoto. Nada de aterramento não. Aquilo ali era um braço de rio, não era córrego. E o nome era indígena, bonito: Peribebuí. Os mais velhos tomaram banho ali. Brincaram. Parece lúdico, coisa de gente besta. Mas o intuito era enveredar-se pro espaço público. Era espaço de recreação e de re-criação. Devia ter nesse mundo algum engenheiro capaz de fazer isso, ou não? Jamil fez as faixas. O pastor distribuiu folhetos na igreja. A rádio comunitária também anunciou. Pararam uma via da avenida Abrahão de Moraes, Imigrantes. "Hoje ninguém vai pra praia, ehhhh!" Levaram as faixas gritando palavras de desordem. Muita gente indo atrás por farra ou pra aparecer na foto de jornais e revistas, que não estavam nem aí. Rita caminhava ao lado de Do Carmo. Quero Quero também caminhava e sentia que participava de algo importante. Antes de ser preso, sempre achou que não tinha direito a nada. Depois que saiu, achava sempre que o Estado era seu devedor. Que ele tinha direito a uma parcela de alguma coisa. Qualquer coisa. Uma fórmula de busca e apreensão.

Jamilson vinha ao lado de Estela. Caminhavam de mãos dadas. Estela já estava no quinto mês de gestação. Jamilson era o pai. A história é longa, com encontros e encantamento. Felizes. Abrira com Jamilson e com a ajuda de um dos seus ex-clientes uma ONG que atuava na comunidade mesmo e tinha o apoio do pastor. O casal manifestava também pela morte de Clementina. Pela falta de atenção no processo. Pelas filas contínuas em busca de um promotor público.

Eles iam às ruas pelo Peribebuí, por Artur, por Clementina, por Herculano também. São Paulo é assim, a sua gente é do tamanho do mundo. Também participavam dona Marina, a patroa; Alice, a empregada; Jorge, o segurança; e Rodrigo.

Marina pensava que era uma pena que a passeata tivesse sido curta, sem grandes efeitos. "Poderia ter servido de inspiração pra classe média burra. Aquela mesmo. Aquela que se mata pra pagar convênio médico, escola particular, pedágio, imposto de renda. Aquela que foi deixada ao deus-dará, à mercê dos funcionários de telemarketing que gravam todas as ameaças que nos fazem. Eles que também acham que nosso NÃO significa TALVEZ. E insistem."

Aposentadoria de político tinha que mudar. Salários e benefícios também. Punição tinha que ser o dobro. Falam que preso custa o dobro. Claro! Com o tanto de propina e concorrência fraudulenta, vai custar uma fortuna mesmo. Bota esses caras nefastos na cadeia. Condições iguais. Não tem estudo. Só tem privilégio e protecionismo de cargo político. Teríamos menos candidatos imbecis nos encarando no horário político e nobre.

Enquanto as pessoas se dispersavam e voltavam pras suas casas, Elias foi cobrar a dívida com Quero Quero.

– E aí? Cadê a minha grana?

– Pô, irmão. Fiquei te devendo essa.

– Não vai ficar me devendo não. Morto não paga dívida.

– Tá me ameaçando?

– Entenda como quiser e depois não venha se lastimar.

– Cuidado pra não cumprir ameaça, Elias.

– Quero meus 121,50 até amanhã. O papo é reto e acaba aqui.

E uma amizade se perdia no campo de mato comido.

Paulistano

O paulistano é nordestino, é baiano, é caboclo, é caiçara e é caipira. Jamais será maneiro. Racionais é Racionais, o resto é tutti-frutti.

Rita

Naquela manhã, como em todas as outras, Rita chegou ao mercado satisfeita de si. Rita era assim. Muito bem resolvida, com todos os predicados. Não tinha como não notá-la. Chegava cumprimentando todo mundo, e até quem a olhava com desejo olhava também com admiração e amizade, pois Rita inspirava isso. E inspirava isso em homens e também em mulheres.

E, se assim o era, uma tal pessoa não podia fugir a regra. O talzinho era o senhor Filipe. Com um corte de cabelo ridículo, tipo Príncipe Valente. Redondinho. Cabeça de cuia. Ele sempre vinha com brincadeiras bestas, mãos bobas e gestos imperiais. O senhor Filipe foi, com o tempo, ganhando mais poder no mercado e aí, meu bem, sabe o que acontece quando se tem poder, né?! Começou a pegar no pé de Rita. Justo no dela que tava tão bem naquele trabalho. Carteira assinada, cesta básica, benefícios, bons amigos. "Justo comigo!", pensava.

Os seus dias começaram a ser tortuosos. O Filipe, de senhor passou a Sinhozinho, achando que tinha direito de humilhar todo mundo. Quando não pisava em Rita, pisava em alguém de quem ela gostasse, bem na frente dela. Mandava todo mundo calar a boca. O besta andava com a camisa meio aberta só pro pessoal do mercado ver a sua medalha de prata de São Jorge. "Acho que quer mostrar que tem o corpo fechado. Que imbecil! Coisa que não se mostra. Coisa que se cala", ria-se Rita.

Um dia, na frente de todo mundo, ele contradisse Rita. A cada vez que Rita queria se justificar, ele dizia:

– Você é surda?! Não tá me ouvindo falar?"

E assim foi. Perguntou umas três vezes, em alto e bom som, se Rita era surda.

Pois bem. O tal Filipe saiu em passos largos e mandou chamar Rita na sua sala. Sem mais delongas, talvez pelo sangue ainda estar quente ou por achar que aquilo era do seu direito, foi direto ao que queria. Adiantou-se na sua conspiração.

Tomou um empurrão de Rita, mais por reflexo do que por entender o que estava acontecendo ali.

– Então, Rita, até parece que você nunca desconfiou do que eu sempre quis contigo. Nega atrevida. Que foi aquilo de me afrontar na frente de todo mundo. Não tem medo do que pode te acontecer?

Rita não respondia. Bufava. Mulher búfalo. Pronta pra atacar.

Ele estava tão confiante no poder que a sua posição lhe conferia dentro daquele mercado que continuou. Chegou perto com aquele cheiro de café com cigarro. Nojento! E enlaçou-a pela cintura. Como pegavam a laço as índias no Brasil. Posse. Posseiros.

– Se chegar perto de mim de novo, eu vou rasgar a minha roupa inteirinha em pedaços e gritar bem alto. Sair da sala correndo pra quem quiser ver.

– Para com isso, você vai gostar.

Rita olhou pra cara do miserável e saiu batendo a porta atrás de si. Nunca contou a história a ninguém, nem ao seu marido.

Três meses depois foi mandada embora. Quem mandou ameaçar? Quando a gente ameaça tem que cumprir. Aliás, melhor nem ameaçar. Tem que agir. Pois enquanto ao final de um dia de trabalho uma mulher dorme o sono dos justos e endividados, o covarde trama. O covarde nunca descansa.

Sheilá

Muita coisa já tinha acontecido no bar do seu Luís. Discurso político. Discurso de pastor. Bandinha. Rap. Declamação de poema. Demonstração de percussão. Coral. Até fanfarra.

Hoje a apresentação era de Sheilá. Sim. Com tanto discurso político, era hora de democratizar, e Sheilá reivindicou o palco do bar do seu Luís. Foi alvoroço. Um corre-corre. Nunca o bar havia estado tão cheio. Sheilá guardava a sete chaves o modelito da apresentação. Já esperava-se brilho, boás, irreverência. Sheilá exigiu camarim. Exigiu também que os seus amigos estivessem na primeira fila. E assim foi.

Ela chegou coberta por um lençol e se meteu no fundo do bar. Seria Elza Soares ou Amália Rodrigues? O pessoal da diretoria foi. O pessoal do rap, da capoeira também foi. Faltou espaço. Sheilá levou uma cortina de veludo vermelho e preparou um palco maior que o de costume. Tinha gelo seco e um cheiro de incenso.

Quando a cortina foi puxada, viu-se um homem alto, esguio, com os cabelos pretos puxados na brilhantina. Lábios pintados de preto. Um smoking preto. Um par de sapatos bicolor.

Sheilá começou num tom de voz melodioso, mas grave. E grave era o espanto do povo:

"Quando você for convidado pra subir no adro
Da fundação casa de Jorge Amado
Pra ver do alto a fila de soldados, quase todos pretos
Dando porrada na nuca de malandros pretos
De ladrões mulatos e outros quase brancos
Tratados como pretos

Só pra mostrar aos outros quase pretos
(E são quase todos pretos)
E aos quase brancos pobres como pretos
Como é que pretos, pobres e mulatos
E quase brancos quase pretos de tão pobres são tratados
E não importa se os olhos do mundo inteiro
Possam estar por um momento voltados para o largo

Onde os escravos eram castigados
E hoje um batuque um batuque

Com a pureza de meninos uniformizados de escola secundária
Em dia de parada
E a grandeza épica de um povo em formação"

(...)

O povo ficou ali calado. Sem soltar um piu.

(...)
"E na TV se você vir um deputado em pânico mal dissimulado
Diante de qualquer, mas qualquer mesmo, qualquer, qualquer
Plano de educação que pareça fácil
Que pareça fácil e rápido
E vá representar uma ameaça de democratização
Do ensino do primeiro grau
E se esse mesmo deputado defender a adoção da pena capital
E o venerável cardeal disser que vê tanto espírito no feto
E nenhum no marginal
E se, ao furar o sinal, o velho sinal vermelho habitual
Notar um homem mijando na esquina da rua sobre um saco
Brilhante de lixo do Leblon
E quando ouvir o silêncio sorridente de São

Paulo
Diante da chacina
111 presos indefesos, mas presos são quase todos pretos
Ou quase pretos, ou quase brancos quase pretos de tão pobres
E pobres são como podres e todos sabem como se tratam os pretos
E quando você for dar uma volta no Caribe
E quando for trepar sem camisinha
E apresentar sua participação inteligente no bloqueio a Cuba
Pense no Haiti, reze pelo Haiti"

Dizendo isso, Sheilá tirou a calça de smoking num puxão e disse "Caetano Veloso e Gilberto Gil!" Pegou seu pau enorme dentro da cueca. Não mostrou, não, para a decepção de alguns, vale dizer. Só segurou na pressão. Tirou o smoking e a camisa branca. No pescoço um colar com a imagem de Santa Rita.

Ninguém disse nada. Demorou uma fração de tempo até o povo aplaudir. Povo assustado. Ao relento. Fora do eixo. Mas entraram em comum acordo de que aquilo deveria ser a tal arte moderna, e aí aplaudiram. Sheilá pegou o microfone, disse:

– Foda-se tudo – e saiu praguejando – O progresso que vá pra outro lugar.

No fundo do bar, o comentário sagaz de um presente:

– Mas, rapaz, é onde esse Haiti?

O amigo de pronto respondeu:

– Sei não. O Carandiru eu sei porque o neto da Neide ficou lá. Mas esse Haiti parece ser bem pior, hein? Deve ser coisa nova.

No que a outra respondeu:

– Deus é mais!

Seu Luís

Um mês depois, num dia normal, chegou um carro da polícia. Vinha com um mandado de busca, em nome de Luís Cleiton Guimarães. A multidão se condensou. O seu Luís deu a volta no bar. Tirou o avental, entregou pro João da oficina. Antes de o investigador continuar, o seu Luís do bar, do Canhão, estendeu os braços e disse:

– Sou culpado por assassinato. Matei no dia 18 de abril de 1976, em Maringá, Paraná, um sujeito de nome Francisco. Ninguém tem provas, mas, pra mim, ele matou e estuprou a minha mulher e a minha filha de 5 anos. Não me arrependo e sabia que um dia vocês me encontrariam. Não fugi por medo nem por me achar inocente. É que homem da minha terra, não é homem de ficar engaiolado. E eu sou homem, não sou bicho.

O investigador arregalou os olhos. Elias chegou correndo e disse que devia ser um engano, que o seu Luís era velho no bairro, tranquilo, querido na comunidade.

Luís olhou pra Elias com os olhos aflitos que pediam perdão pela omissão da verdade.

– Seu Luís, fica tranquilo que eu vou falar com os camarada, ninguém vai mexer com o senhor lá dentro. Palavra de sujeito homem – disse Quero Quero.

– Seu Luís, a gente trabalha dentro dos presídios, a gente vai estar lá – disse o Pastor Jair levantando uma Bíblia.

O investigador algemou o seu Luís. Quando o carro da polícia partiu, uma nuvem de poeira subiu e encobriu lágrimas de muitos homens e muitas mulheres que ficaram ali, olhando o veículo se afastar no pó a pó, com as sirenes tocando. O seu João da oficina puxou a porta do bar e trancou com cadeado.

O escritor

Como é difícil chegar ao fim. É como ter fofocado e especulado sobre a vida alheia o tempo todo, fugindo de si e, no entanto, expondo-se. Olhando do alto os disfarces que a vida adquire para sobreviver. A vida que nos escapa continuamente. A vida que não compreendemos sempre. Tudo com começo, meio e fim. Se não casa, se não tem casa, se não tem filhos, é vida incompleta. É a vida e três pontinhos. Um vale de nervos.

Concluir essa narrativa é um desespero tremendo, uma agonia. Obrigar-me a pôr um fim, um suplício. Ou, pior, será dar uma continuidade para as histórias que escutei, para as pessoas das quais falei? Não poderia simplesmente acabar com reticências? Pó de pirlimpimpim de reticências. Frases que martelam, fujonas, escapam do crivo. Palavras depois de escritas tomam vida própria. Não são mais os rabiscos do autor. Assim como a música

"Sou uma nuvem passageira, que navega pelo ar..." É do Giliardi essa música? Não acabar a história é também um DNA de posseiro? Não estaria eu brincando de posse? De Deus? Eu sou assim. Não termino as coisas. Falo sobre coisa nenhuma, ou sobre gente sem importância. É como jogar palavra pro alto e observar a queda aleatória formando o alfabeto. Bom mesmo é escrever palavrões, blasfemar.

A vida, só, não inspira. A vida cansa. A vida cansa mesmo, percebe? Injusta essa merda toda. Corpo são numa mente sã. Que corpo? Que mente? A minha conta bancária? Todas as minhas senhas e os códigos magnéticos? E o código genético quem cuida? O Deus que engole criancinhas inadequadas. A pobreza é inadequada. A riqueza também é. Somos formas inadequadas do existir. Cafona e inadequada. Tá pensando o quê? Que Deus não sai praguejando todo nu pelas bandas do alto? Eu, por mim, não desacredito. Acho mesmo que ele se encheu do mundo.

Nós somos de uma inadequação líquida. Musgo. Pegajosa, limo de córrego de chuvas impressentidas. Eu que não haveria de acreditar. Optei por terminar bêbada. Bêbada como o meu pai. Odiando isso, mas apreciando o embuste. Existe um certo prazer no embuste. Existe uma certa malandragem nisso, percebe? Eu levanto o queixo, viro o rosto levemente e te olho de baixo pra cima, como se você fosse bosta. Uma Maria das Lástimas. Uma Maria qualquer. Como qualquer seria a mãe de Cristo, visto que mãe é mãe, e chora sozinha. Eu vi um dia na televisão o enterro de um criminoso medonho. No enterro da vítima, comoção. No enterro do marginal, a mãe. E mãe de criação, imagine! Solitária. Envergonhada talvez? Culpada talvez? Aliviada talvez? E nós quando olhamos a imagem do Cristo? Envergonhados, talvez? Aliviados talvez? Culpados, quem sabe? Mastigando a miséria disfarçadamente como fez um dia ao receber a hóstia? Bebendo uma taça de vinho pra terminar o que por falta de repertório, de vida, de âmago, nos causaria um certo prazer libidinoso? Um último golpe da misericórdia. Certeza mesmo é que eu tenho a certeza de que as minhas amigas estarão sentadas no meu velório às gargalhadas, falando de todas as merdas que eu cometi e falei durante a vida. Eu vou estar bem lá do lado dos espíritos, fascinado com o fôlego e repertório das megeras mais incríveis com quem tive o prazer de conviver. De farrear. De cair na fuleragem.

Fim. Morte. Seríamos os faraós egípcios? Ou seríamos as múmias dos faraós egípcios, enterrados com tudo aquilo que acumulamos num mundo onde ninguém é mais cidadão, mas consumidor?

Resultado fracassado do sistema produtivo? Ambiente fecundo para assombrações. Essa música do Giliardi está pregada em mim hoje. É do Peninha ou do Kleiton e Kledir?: "Eu sou nuvem passageira, que com o vento se vai, eu sou como um cristal bonito, que se quebra quando cai...".

A queda chega pra todos. O osso. O pó. Pesquisei: a música é do Hermes de Aquino, porra!

Raul

Raul continua no parapeito com Francisca a vigiá-lo. "Cachorros são seres superiores", pensa Raul. Lembra de quantas vezes bateu em Francisca ou descontou nela as suas frustrações e ela permanecia plena de carinho para lhe dar. Quantas vezes sentiu vergonha de Francisca, da sua dedicação plena? E quantas vezes conversou com ela, sentado na porta da cozinha, vendo a vida passar? Inúmeras. Francisca era ótima ouvinte. Talvez a melhor que já tivera. Superava de longe todas as suas namoradas.

Sobre Raul? Tem 32 anos, formado em engenharia. Está sem trabalho fixo há algum tempo e para sobreviver faz trabalhos temporários e bicos. Ainda assim, sempre lhe sobra um dinheirinho para um boteco com os amigos ou um cineminha na Paulista. Gosta muito do Veloso, ali atrás da caixa d'água da Vila Mariana. Conheceu o lugar com uns amigos jornalistas de Recife e nunca mais deixou de frequentar.

Esse ano já decidiu, pela primeira vez, vai

anular seu voto nas eleições. Isso não fez com que se sentisse menos cidadão, mas também não fez com que sentisse melhor. Decidiu isso ali, na mesa do bar.

Declara imposto de renda como isento, pois acredita que isso irá ajudá-lo se um dia, de repente, um dia, aparecer a oportunidade de viajar pra fora e ter que tirar o visto.

Raul paga aluguel, paga imposto, conta de telefone, água, imposto de lixo. Pagava assistência médica, mas teve de parar. Os cartões de crédito ele cancelou, um a um. Conta no banco não tem mais. Carro nunca teve. Estudou sempre em escola pública, mas conseguiu, com dinheiro muito suado, pagar a sua faculdade privada e ainda se formar, sem falsa modéstia, sendo a pessoa mais foda da turma.

Raul solta suspiros. Abaixa os ombros e continua a olhar pra baixo. A luz da vizinha acende. Raul tenta se esconder. E se a vizinha o visse ali? Pensaria que ele ia se jogar, gritaria, chamaria a polícia... Não, muita coisa pra um dia só... Raul só quer descansar, relaxar... ter dias mais compridos. Não quer mais chegar atrasado, não quer saber sobre os melhores restaurantes que não pode frequentar nem sobre os destinos que ainda não conhece.

Raul já viajou. Conhece Minhas Gerais, Rio de Janeiro e Paraíba. João Pessoa... que cidade bacana, João Pessoa...

Pela primeira vez a sua garganta aperta. Um

nó se instala. Uma lágrima cai e se espatifa próxima de Francisca. Como aquele cristal bonito da música do Hermes Aquino: Paf! E ruídos cristalinos. Quando era mais jovem... acreditava que iria mudar muita coisa. Faria a diferença. Influência do Legião Urbana. Acreditava também que teria sorte na vida pelo simples fato de ser uma boa pessoa. Cristo disse: "Dos pequenos será o reino dos céus". Mas que hora pra pensar em Cristo.

Raul não conhece Rita, Elias, Maria do Carmo, Artur, Jamilson, Herculano, João. Nunca os encontrou. Mas já se cruzaram no metrô. Ele não sabe. Não os conhece.

Raul está aqui porque Raul está em todo lugar e ninguém o vê, ninguém percebe os seus sonhos e o seu desespero. Raul é de outro mundo. Raul é periférico. Raul quer descanso. Raul quer descobrir sobre a perenidade do átimo.

Olha pra Francisca uma última vez. Silenciosamente pede desculpas à sua cadela. Espera que ela o perdoe por não ser tão bom quanto ela é nem tão dedicado à própria arte de simplesmente viver. Lembra-se com certo orgulho de ter deixado muita ração, um osso enorme e um vaso cheio de água. Tempo suficiente até alguém encontrá-lo. Francisca ficará bem. Além do mais, muitos amigos hão de querer ficar com ela. Cuidar dela por mim. No computador já deixei tudo o que gostaria que fosse feito. A quem se destinarão meus bens mais queridos. Algumas pessoas irão se surpreender. Não as vejo há tanto tempo e, no entanto, me lembrei delas em momento tão determinante. Até eu me surpreendi. Talvez essa lembrança possa mudar a vida de alguma delas se, por ventura, estiverem em momento de dificuldade. Isso mostraria a elas que alguém se importa.

Raul não é depressivo, Raul é feliz. Raul só ficou incomodado. Um incômodo que lhe sufoca, tipo resto de comida entre os dentes, dor de prisão de ventre. Raul quer descansar antes de ter um momento de fúria do qual possa se arrepender e se culpar com a sua culpa cristã ocidental e latina. Acima de tudo, latina. A culpa latina é subversiva. Ela é quase erótica. "Desculpe, Francisca."

Raul não consegue falar de si. Falar todo mundo fala. Falar está na moda. Escrever então... nem se fala. O ato de ouvir está em desuso. O que vale é elaborar uma imagem bem editada de si mesmo e permanecer na zona confortável dos elogios. A estética num nível de supremacia da essência. Nada de verdades constrangedoras.

Para Raul, só restava uma maneira, e ele deu o primeiro passo... não para chamar a atenção nem atrair piedade, simplesmente porque queria ter um tempo só pra si, sem justificar-se. Francisca latiu. Francisca latiu. Francisca latiu. Poder e permissão.

Tebas

Não muito longe dali, Rita acorda de sopetão para mais um dia em busca de trabalho. A madrugada está quente, e já se ouve algum barulho lá fora. A caminhada das crianças pra escola. O som das bicicletas dos trabalhadores na rua de pó a pó. Seis da manhã talvez.

Ela olha pro negro ao seu lado e sorri de satisfação. Levanta-se. Coloca água pra ferver. Olha pro cisne do seu calendário e acende um cigarro imaginário (tinha deixado de fumar havia um ano). Uma entrevista de trabalho a espera às 8h, após quase um ano de encontros fracassados. "Vai ser um dia bom!", suspira caminhando para o fogão, onde tudo já está preparado para passar o seu café.

Dentro de alguns minutos irá vomitar o café. Ainda não sabe. É o filho de Elias, que dá o prenúncio da sua existência. Ele se chamará Tebas, o bom. Era o tempo das águas de Oxum.

Nota da Autora

Escrevi este livro no ano de 2006. Ele ficou guardado por muito tempo e só após publicar em 2014 o infantojuvenil Num Tronco de Iroko vi a Iúna Cantar, pela Editora Peirópolis, é que tive coragem de apresentá-lo a alguns amigos do meio editorial e jornalístico.

Ainda assim, deixei-o mais dois anos guardado, achando que ele já estava ultrapassado, que as coisas já tinham acontecido e que o cenário atual era extremamente hostil às ideias e aos personagens aqui apresentados. Cada um deles, aliás, é fruto de uma observação constante, da convivência, de encontros, de esbarrões no metrô e das rodas de capoeira que frequentei por quase 16 anos.

Nessa incerteza e nesse questionamento, mais dois anos se passaram. Durante esse período, perdi o amigo, conselheiro e inspiração Paulo Cunha, o Cobrinha, ou Paulo de Ogum. Compositor de músicas gravadas por Jair Rodrigues e mestres de capoeira como Mestre Suassuna, Paulo era de uma elegância ímpar. Um poeta que, infelizmente, passou para o Orum sem conhecer a Bahia, um de seus sonhos. E poucos cantaram a Bahia em prosa e verso com tanto afago como ele. Mencionado por Waldeloir Rego no livro Capoeira Angola (1968 - Ed. Itapoan), o Cobrinha era um pássaro miúdo com os olhos agitados e brilhantes. Sorriso cheio. Trabalhou com Mestre Ananias nas apresentações de Solano Trindade na Galeria Olido por muitos anos e dizia que com ele, Mestre Ananias, aprendeu os mistérios da percussão.

Mais recentemente, em 2016, quando eu simplesmente olhava o meu próprio trabalho de esguelha, recebo a notícia de que o meu amigo Sidão, metalúrgico do ABC, compositor de sambas, muitos deles cantados na Quadra da Barroca Zona Sul, tinha falecido. Foi um baque, um murro no estômago. No capítulo todo dedicado a ele, eu narrava a sua passagem. Senti-me muito mal por não terminar, por não entregar e por não compartilhar essas minhas lembranças transformadas em romance. No entanto, hoje, não sei se ele gostaria de ter lido que o capítulo que dediquei a ele narrava justamente a sua possível passagem.

A gota final foi na semana do meu aniversário,

em julho de 2016, quando recebi a notícia de que falecera Mestre Ananias, que aparece no meu livro quando narro sobre as rodas de capoeira da Praça da República. Figura emblemática, forte e elegante, carismático mesmo quando fazia pirraça. Um mito, um bastião, uma entidade, uma pessoa que amava a capoeira e que costumava dizer, a exemplo de Mãe Stella de Oxossi, "meu tempo é agora".

O filósofo austríaco naturalizado britânico Ludwig Wittgenstein escreveu: "eu disse um dia e talvez com razão: da antiga cultura restará apenas um monte de escombros, um monte de cinzas, mas haverá espíritos que flutuarão sobre essas cinzas". Pensar a beleza dessa cena me conforta e me joga de volta pra dentro da roda da vida, da roda-viva, do gira-mundo.

Para finalizar esta nota, eu quero agradecer a todas as minhas professoras do Educandário IV Centenário e aos educadores do Colégio Estadual de Primeiro Grau Princesa Isabel e da Escola Estadual Conde José Vicente de Azevedo – todos esses estabelecimentos de ensino situados no bairro Bosque da Saúde. Agradeço igualmente aos meus mestres Marília Scalzo, José Arrabal, Dennis de Oliveira e Nirlando Beirão.

Àqueles que dedicaram o seu tempo com carinho e respeito e me incentivaram a seguir, cada um me inspirando na sua seara: Gal Oppido, Dona Conceição, Reinaldo Reis, Sérgio Alves, Rogério Chaves, Alonso Alvarez, GOG, Mejito Fatima, Gislaine Rodrigues, Maria Angela Sartin, Natália Molina e Eliseu Thomae. A lida continua.

Aos meus familiares, ao meu companheiro, aos meus colegas de trabalho da Baobá Comunicação, Cultura e Conteúdo.

Ao branco que me cobre e aos meus mentores espirituais.

erika balbino

Paulistana, Erika Balbino é diretora da empresa Baobá Comunicação, Cultura e Conteúdo. Formada em cinema e roteiro pela Fundação Armando Álvares Penteado (Faap), possui especialização em Mídia, Informação e Cultura pelo Centro de Estudos Latino-Americanos sobre Cultura e Comunicação (Celacc) da Universidade de São Paulo (USP), com produção de artigo científico sobre O Corpo do Negro como Mídia.

Em 2014, publicou o seu primeiro livro infantojuvenil, Num Tronco de Iroko vi a Iúna Cantar (Editora Peirópolis), que aborda a capoeira e personagens das culturas indígena, cabocla e negra do Brasil, recebendo excelente repercussão do público e da mídia.

Em 2017, publicou o capítulo "Sidão e o desfile do Sonho Idealizado" no livro São Paulo em Palavras (editora Aquarela Brasileira Livros). A publicação reuniu 26 autores, que escreveram em conto, prosa e verso a sua relação com a cidade.

Curta a página da Cosmos no Facebook!

www.facebook.com/editoracosmos
twitter.com/cosmoseditora
cosmoseditora.blogspot.com.br

cosmos@editoracosmos.com.br
(11) 5841-5597

Papel de capa - Triplex, 300g/m²
Papel de miolo - Polen 90g/m²
Tipografia - Arzachel, Garamond
Gráfica - Elyon
Tiragem: 1.000 exemplares